Dinah Maria Mulock Craik

Agathens Gatte

Dinah Maria Mulock Craik

Agathens Gatte

ISBN/EAN: 9783744643894

Hergestellt in Europa, USA, Kanada, Australien, Japan

Cover: Foto ©Andreas Hilbeck / pixelio.de

Weitere Bücher finden Sie auf **www.hansebooks.com**

Agathens Gatte.

Von der Verfasserin

von

„John Halifax", „Das Familienhaupt", „Leben um Leben" u. s. w.

Deutsch

von

A. Kretzschmar.

Dritter Band.

Wurzen,

Verlags-Comptoir.

1861.

Agathens Gatte.

Dritter Band.

1

Erstes Kapitel.

———

Den ältern Mr. Harper an der Spitze seiner Familientafel sitzen zu sehen, war ein wirklicher Genuß. Zu keiner andern Zeit sah er so wohl und so gut aus. Seine majestätische Miene war dann mit ächter Freundlichkeit so gemischt, daß dadurch seine Artigkeit einen höhern Werth bekam.

Er lehnte sich zufrieden in seinem Armstuhl zurück, überschauete die lange mit Wachskerzen beleuchtete Tafel, die von lächelnden Gesichtern umringt war, meistens von weiblichen, wie der alte Herr es am liebsten sah.

Selbst die schlichte Mary am Fuße der Tafel sah in ihrem schwarzen Sammetkleide ganz hübsch und hausfraumäßig.

Eulalie und Mistreß Dugdale dienten dem Cirtel zur Zierde, während Miß Valery und Agathe zu beiden Seiten des Wirths saßen und von ihm gebührend geehrt wurden.

Agathe trug ihr weißseidenes kostbares, aber einfaches Brautkleid. Sie sah sehr hübsch aus, und ihr mädchenhaftes Sichgehenlassen ward durch eine gewisse weibliche Würde gemildert, die sich mit jedem Tage bei ihr bemerkbarer machte. Sie füllte ihre Stellung gut aus, obschon sie oft mit heimlichem Zittern und schüchternen Blicken über die Tafel hinüberschauete nach ihrem Gatten, um zu sehen, ob er mit ihr zufrieden wäre — eine Thatsache, an welcher Niemand als sie selbst zweifeln konnte.

„Nun, meine Kinder," sagte der Squire, als die Diener sich zurückgezogen hatten, und Dessert und Weine das Plauderstündchen nach dem Diner ankündigten, wovon er ein so großer Freund war, — „nun, meine Kinder — und ich kann Euch wohl Alle so nennen," setzte er Anna Valery anlächelnd hinzu — „gestattet mir, Euch zu sagen, wie sehr ich mich freue, Euch zu sehen, und besonders das jüngste von Euch." Hier streichelte er sanft Agathens auf dem Tische liegende Hand. „Und da wir hier stets Gesundheiten trinken — eine gute alte Gewohnheit, der ich nicht gern entsagen möchte — so laßt

mich die erste ausbringen; Master und Mistreß Nathanael Locke Harper!"

„Hört, hört," sagte Mr. Dugdale zerstreu't
von dem Fuße der Tafel her, über welche Unanstän-
digkeit — die wahrscheinlich durch eine ihm im Kopfe
herumgehende Wählerversammlung verursacht ward
— sein Schwiegervater eine außerordentlich strenge
Miene machte.

Diese strenge Miene ward jedoch durch das
Kopfnicken und Lächeln, welches die Runde machte,
sehr bald wieder in den Hintergrund gedrängt. Nach
einer kurzen Pause erhob sich Nathanael und sagte
kurz, aber mit Gefühl:

„Vater, mein Bruder und meine Schwestern,
und Anna — meine Frau und ich, wir Alle danken
Dir."

„Was meinst Du zu dieser unserer altmodischen
Sitte?" sagte der Squire, indem er sich zu seiner
Schwiegertochter wendete; „es ist dies ein Ueber-
bleibsel aus meiner Jugendzeit, wo jede Dame auf-
gefordert zu werden pflegte, die Gesundheit eines
Mannes, und jeder Mann, die Gesundheit einer
Dame auszubringen. So war es stets an der Tafel
Deines Großvaters, Anna, wo ich vielmals, als Du
noch auf den Armen umhergetragen wurdest, das
Vergnügen hatte, die Deinige auszubringen:"

„Ich danke Ihnen," sagte Anna lächelnd. Sie stand bei dem alten Herrn augenscheinlich in großer Gunst.

„Du mußt wissen, meine liebe Schwiegertochter, daß meine Bekanntschaft mit dieser Dame fast von ihrer Geburt an datirt. Neunzehn Jahre lang übte ich über sie das Recht aus, welches, wie ich höre, mein ältester Sohn" — er machte eine augenblickliche Pause — „welches Major Harper die Ehre hatte, über Dich auszuüben. Ihr Großvater ernannte mich zu seinem Testamentsvollstrecker und zu dem alleinigen Vormunde seiner jungen Erbin. Ich war damals ein noch junger Mann, bemühete mich aber, sein Vertrauen zu verdienen. Verdiente ich es, Anna?"

Wieder lächelte sie — sehr liebreich.

„Und ich hatte die Freude, meine Mündel mit einundzwanzig Jahren als die reichste Erbin und gebildete Dame im Westen Englands zu sehen. Sie machte mir unendliche Ehre, und ich hatte meinem Freunde einen der heiligsten Dienste geleistet, den ein Mann dem andern leisten kann. Dein vortrefflicher Großvater, Anna! Laß uns ein Glas auf sein Andenken trinken!"

Ehrerbietig und schweigend hob der alte Squire

das Glas an seine Lippen. Es war ein nur mit Wasser gefülltes Glas, denn er trank nie Wein.

„Du siehst, mein liebes Kind, wie diese Gewohnheit alle verlorenen oder abwesenden Freunde zurückführt. Wir vergessen sie niemals, und sprechen gern von ihnen und von alten Zeiten. Auf diese Weise versammeln wir stets zu dieser Stunde unzählige angenehme Erinnerungen um uns, und gedenken Aller, die uns oder unsern Gästen theuer sind. Nun, liebe Agathe, erwarten wir Deinen Toast."

Agathe erröthete, fühlte sich befangen und schüchtern, sah ihren Gatten an, erfuhr aber von diesem Nichts als ein ermuthigendes Lächeln. Sie glaubte'— indem sie bedachte, wie wenig Bekannte sie selbst hatte — es werde Nathanael angenehm sein, wenn sie eine Persönlichkeit nennte, die ihm nahe stünde. Deßhalb blickte sie schüchtern auf, und rief, das Glas hebend:

„Onkel Brian!"

Alle zollten Beifall, und der Squire dankte für das seinem Bruder gemachte Kompliment.

„Er ist der jüngste und einzige noch lebende Bruder von vielen, und ist mir als solcher sehr werth," setzte er erklärend zu seiner Schwiegertochter gewendet hinzu. „Trotz des großen Unterschieds in unserm Alter und einer geringfügigen Verschiedenheit in unfern Charakteren hege ich für meinen Bruder Brian die höchste Achtung."

Und hierauf fragte er nach dem an diesem Tage eingegangenen Briefe, welcher ihm von seinem Sohne gebührend vorgelesen ward — natürlich mit Ausnahme der Nachschrift.

„Nach Californien will er gehen?" sagte der alte Mr. Harper die Stirn runzelnd. „Das gefällt mir nicht — es schickt sich nicht für einen Gentleman. Obschon von jeher wild und verwegen, vergaß Brian doch nie, daß er ein Gentleman war. Meinst Du nicht auch, Anna?"

Anna stimmte bei.

„Auch Selbstverleugnung und Aufopferungs= fähigkeit besaß er. Weißt Du noch, wie er eine Woche zuvor, ehe er uns so plötzlich verließ, fünfzig Meilen weit ritt, um Dir Eis zu holen, weil es Dir gegen Dein Fieber verordnet worden? Du warst damals sehr krank, mein armes Mädchen."

Es war rührend, ihn Miß Valery ein „Mädchen" nennen zu hören — sie, welche von der jugendlichen Agathe schon als ein ältliches Frauenzimmer be= trachtet ward.

„Und obschon er uns so plötzlich verließ — weßhalb, das ist bis auf den heutigen Tag ein Ge= heimniß, wenn der Grund nicht etwa in jugendlicher

Laune und Liebe zur Veränderung zu suchen war
— so habe ich doch immer noch das größte Vertrauen zu Brian," fuhr der Squire fort, der als
sein hausväterliches Recht zu betrachten schien, bei
Tische ausschließlich das Wort zu führen.

„Brian!" rief Mr. Dugdale aus seinem Hin-
brüten erwachend, „ja — Brian wäre ganz gewiß
im Stande, jene statistischen Angaben über den cana-
dischen Weizen zu liefern. Sein Urtheil war stets
eben so gesund wie seine Politik."

„Was meinten Sie, Marmaduke?" fragte der
alte Squire mürrisch.

„O Nichts — Nichts, Vater!" antwortete Harriet rasch, indem sie ihren Gatten mit halb drolli-
gem, halb warnendem Stirnrunzeln ansah. Mr.
Dugdale hüllte sich sofort wieder in Schweigen, mit
dem ruhigen Bewußtsein eines Menschen, der eine
Perle in seinem Gewahrsam hat, deren unzweifel-
hafter Werth weder ausposaunt noch vertheidigt zu
werden braucht.

Miß Valery mischte sich nun ein und gab dem
Gespräche eine heitere Wendung. Agathe war überrascht, zu finden, was für eine wunderbare Macht
ungeheuchelter Gemüthsheiterkeit in dieser Person
lebte, welche selbst von Denen, die sie liebte, eine
„alte Jungfer" genannt ward, und als endlich der

Squire seinen Frauen gestattete, sich zu entfernen, und sie Alle hinwegflatterten wie ein Schwarm in Freiheit gesetzte Vögel, sammelten sich Alle um Anna, als ob sie fortwährend gewohnt wäre, Jedermanns Angelegenheiten zu kennen und für Jedermann zu denken und zu urtheilen.

Agathe saß nicht weit davon und beobachtete sie, und fragte sich selbst, worin wohl der seltsame Einfluß seinen Grund habe, in dessen Folge sie stets Vergnügen daran fand, Anna Valery zu beobachten.

Es liegt etwas sehr Eigenthümliches in dieser Bewunderung, welche eine Person zuweilen für eine andere empfindet, die in der Regel weit älter ist. Es ist nicht genau Freundschaft, sondern hat mehr den Charakter der Liebe — namentlich in ihrer Idealisirung, ihrer Schüchternheit, ihrer enthusiastischen Verehrung, ihrem hoffnungslosen Zweifel an Erwiderung, und vor allen Dingen in ihrer Eifersucht.

Für Agathen — die, obschon vermählt, doch noch so mädchenhaft war — lag in dem, was Anna Valery sagte oder that, eine unerklärliche Anziehung. Schon das Rauschen ihres Kleides über die Diele, ihre langsamen, sanften Bewegungen, welche in ihrer Jugend vielleicht stolz gewesen, jetzt aber nur noch graziös und gemessen waren; die Art und Weise, wie sie ihre Hände über einander faltete und mit einem

freundlichen beobachtenden Lächeln, welches von Sen=
timentalität eben so frei war als von Mürrischkeit
oder Melancholie, gerade vor sich hinschauete; ihr
Ton und Wesen, welches weder anmaßend noch ver=
letzend war; ihre Gewohnheit, die weisesten Dinge
auf die einfachste Weise zu sagen, so daß sie allemal
erst später als Weisheit anerkannt wurden — alles
Dies erfüllte Agathen mit dem Gefühle der Befriedi=
gung und Bewunderung. Sie wünschte entweder,
daß sie ein Mann wäre, um Anna schon seit Jahren
anbeten und heirathen gekonnt zu haben, oder daß
ihre eigene Vermählung noch ein wenig hinausge=
schoben worden, bis sie durch den Unterricht und
die Liebe einer Person wie Miß Valery weiser und
für das Schicksal des Lebens geschickter geworden
wäre.

Ueberdies wünschte sie mit der erwachenden
Eifersucht, welche jede starke Zuneigung hervorruft,
sie für sich allein zu besitzen, und war ganz ärger=
lich, daß Anna so lange mit Eulalien und Mary
über Wintermäntel plauderte, und dann auf eine
Weihnachtsbescherung für die Armen zu sprechen
kam, die in Kingcombe unter Mistreß Dugdale's
Leitung vorgenommen werden sollte, und horchte
endlich auf eine geflüsterte Mittheilung von Seiten
der Schönheit — die sich auf einen gewissen Edward

bezog, in Bezug auf deſſen Stellung in der Familie kein Irrthum obwalten konnte.

Endlich erhob ſich Miß Valery zu Agathens großer Freude und ſchlug ihr vor, mit ihr einen Beſuch bei Eliſabeth zu machen.

Auf dem Wege durch die Corridors ſchien Anna ziemlich müde zu ſein, und ging langſam und blieb eine Minute lang an einem Fenſter ſtehen, um ihrer Begleiterin den Mondſchein über den Bergen zu zeigen.

„Iſt es nicht eine ſchöne Welt? Wenn wir ſie nur immer ſo betrachten könnten, wie wir ſie zu betrachten pflegen, wenn wir jung ſind!"

Der halbe Seufzer, der augenblickliche Schatten, der über ihr ruhiges Geſicht hinwegzog wie eine Wolke über den Mond, überraſchte und rührte Agathen.

„Weißt Du, daß ich an dieſem Fenſter geſtanden und hinausgeſchau't habe ſeit der Zeit, wo ich kaum mit meinen Augen bis an die erſte Scheibe reichte? Es iſt deßhalb nicht zu verwundern, wenn ich gern hier ſtehen bleibe und eine Minute lang nach meinem lieben alten Freunde, dem Monde, ſchaue. Doch laß uns weitergehen."

Sie ergriff wieder ihr Licht, und führte Agathen

bei der Hand wie ein gehätscheltes Kind nach Elisa=
beth's Zimmer.

Miß Harper lag wie gewöhnlich, hatte aber
ein Schreibepult vor sich, und es war wunderbar,
wie sauber diese schwachen, so kindisch aussehenden
Finger zu schreiben verstanden. Die Schrift glich
dem Sinne der Schreiberin — sie war klar, zart,
wohlgeordnet und correct.

„Wir wollen uns nicht sehr lange aufhalten;
stören wir Dich, Elisabeth?"

„O nein, Du störst mich niemals, liebe Anna
— ich schrieb blos an Frederik. Er ist in's Aus=
land gereis't, das weißt Du wohl?"

„Ja."

„Ich möchte wissen, warum er dies gethan hat.
Hat Nathanael einer von Euch Beiden Etwas er=
zählt?" fragte Elisabeth, indem sie ihre rasch beweg=
lichen Augen auf ihre beiden Besucherinnen heftete.

Beide antworteten mit Nein, und Miß Valery
sagte mit erzwungener Heiterkeit:

„Du weißt, man könnte eben so gut eine stei=
nerne Mauer fragen als Nathanael. Er kann
stumm und taub sein."

„Gegen mich nicht. Mir sagen alle Leute Alles,
oder ich erfahre es doch. Ich wußte, daß diese kleine
Dame Aussicht hatte, meine Schwägerin zu werden,

ehe sie noch selbst dieser Thatsache gewiß war. Ach, Agathe, Du hättest Nathanael sehen sollen, als er in jener Woche zu uns kam."

„Was that er denn?" fragte die junge Frau nicht ohne einen gewissen Grad von schmerzlicher Neubgier, denn zuweilen, in den Augenblicken, wo sie den so eigenthümlichen Charakter ihres Gatten nicht verstehen konnte, hatte ein hinterlistiger Dämon ihr zugeflüstert, daß Nathanael sie vielleicht nie wahrhaft geliebt habe, oder daß seine Hingebung eine zu plötzliche gewesen sei, um eine dauernde Wirklichkeit zu sein.

„Was er that?" wiederholte Elisabeth; „o, Nichts! Er war sehr ruhig, sehr gemessen. Man hätte nicht glauben sollen, daß er überhaupt liebe. Niemand errieth es als ich — nicht einmal Anna. Mochte er nun aber lieben oder nicht, so sah ich doch, daß er sich fest vorgenommen hatte, Dich zu besitzen, und wenn Nathanael sich einmal Etwas vornimmt — O, ich wußte, daß Du mit ihm vermählt werden würdest! Du konntest nicht anders."

„Auch wünschte sie nichts Anderes — und brauchte nichts Anderes zu wünschen," sagte Anna in sanftem Tone, als sie Agathens Verwirrung sah. „Doch wir werden bald aufhören, unser junges Ehepaar zu necken. Wie ich höre, wird zu Weihnacht abermals eine Hochzeit in der Familie gefeiert werden. Edward Thorpe hat die Stelle bekommen — die einträglichste."

„Und deßhalb wird Eulalia ihn folglich heirathen," bemerkte Elisabeth.

Dieser Schluß klang Agathen ein wenig sarkastisch, obschon vielleicht mehr in Folge der Deutung ihres eigenen Gefühls als des Tones, womit er gesprochen ward. Sie fragte in der ihr zuweilen eigenthümlichen schlichten Weise:

„Liebt Eulalia diesen Mr. Thorpe sehr?"

Die Bemerkung war an Beide gerichtet, nach einer Pause aber sagte Elisabeth:

„Beantworte diese Frage, Anna."

„Was für eine Antwort wünschest Du, liebes Kind?"

„Eine vollkommen schlichte. Ich liebe die Einfachheit. Hängt Eulalia mit großer Liebe an dem Manne, den sie heirathen soll?"

„Die Frauen heirathen unter vielen Formen der Liebe, und die Eulaliens werden für Mr. Thorpe vollkommen passend sein. Er ist ein sehr würdiger junger Geistlicher, der eine Frau als Sache der Nothwendigkeit nimmt. Was die Liebe betrifft, so hast Du wohl selbst schon bemerkt, Agathe, daß man viele Frauen sieht, Ehegattinnen und Mütter,

2*

welche ein langes Leben auf ehrenhafte Weise durch=
machen und in ihr Grab hinabsteigen, ohne jemals
die wirkliche Bedeutung des Wortes Liebe kennen
gelernt zu haben."

Anna sprach heute Abend mehr als gewöhnlich,
und Agathe hörte gern zu. Der Gegenstand berührte
sie sehr nahe.

„Wird Eulalia auch eine dieser Frauen sein?"
fragte sie.

„Ich glaube es. Sie wird vielleicht eine sehr
gute, aufmerksame Gattin sein, aber niemals werden
sie wissen, was wahre Liebe ist."

„Aber sage mir, was ist das für eine Liebe —
die richtige Liebe — welche man seinem Gatten zu=
bringen muß?"

Miß Valery schien durch das eifrige Wesen der
jungen Frau überrascht zu werden.

„Thust Du diese Frage wirklich im Ernste?"
sagte sie, „und an mich, die ich niemals vermählt
gewesen bin?"

„Nun, man hört gern verschiedene Meinungen.
Was nennst Du „lieben"?"

„Beinahe jedes menschliche Wesen liebt auf
andere Weise."

„Nun, dann meine ich Deine Art und Weise,"
entgegnete Agathe; setzte aber, als sie die augenblick=

liche Zurückhaltung, welche Anna's Benehmen verrieth, bemerkte, hinzu: „Ich meine die Art von Liebe, mit welcher Du, wenn Du sie bei Andern siehst, die meiste Sympathie hast."

„Ich habe Sympathie mit allen. Meine Nachbarn hier werden Dir sagen, daß Anna Valery die allgemeine Vertraute und die größte Ehestifterin (nicht Heirathsstifterin) in ganz Dorset ist. Ich protestire gegen diesen Ruf auch nicht. Es ist angenehm, junge Leute zu sehen, welche einander lieben."

„Aber immer noch hast Du mir nicht gesagt, was Du Liebe nennst."

„Wünschest Du es wirklich zu hören?" fragte Anna in ernstem Tone. Dann setzte sie leise hinzu: „Ich wünschte, jedes Mädchen heirathete, und fände nicht blos an einem Manne Gefallen genug, um ihn als ihren Gatten anzunehmen, sondern liebte ihn so vollständig, daß sie, mag sie mit ihm vermählt sein oder nicht, fühlt, sie sei im Herzen sein Weib und das keines Andern bis an das Ende ihres Lebens — so treu, daß sie alle seine kleinen Fehler sehen kann — obschon sie Sorge trägt, daß Niemand anders sie sehe — und es sich gleichwohl eben so wenig einfallen lassen würde, ihn deßwegen weniger zu lieben als aufzuhören zum Himmel emporzuschauen, weil einige Wolken an demselben stehen — so wahr und so innig, daß sie ihn weder durch ihre Beständigkeit zu martern, noch durch ihre Liebe zu belästigen braucht, denn Beide sind für sich selbst bestehend und gänzlich unabhängig von Allem, was er giebt oder nimmt. Auf diese Weise heirathet sie weder aus Wohlgefallen, Achtung oder Dankbarkeit für seine Liebe, sondern aus der Fülle ihrer eigenen. Heirathen sie einander niemals, wie dies zuweilen geschieht" — und Anna's Stimme ſankte ein wenig — „dann wird Gott sie im Jenseits zusammenführen. Getrennt können sie nicht werden — sie gehören einander an."

Alle schwiegen — diese drei Frauen — eine, für welche die Liebe nur ein Name gewesen sein mußte — die andere, welche ruhig und ernst davon sprach, wie wir von Dingen sprechen, die der zukünftigen Welt angehören, und die dritte, welche gedankenvoll und zweifelnd dasaß, und sich scheuete, an eine Wahrheit zu glauben, welche ihre eigene Verurtheilung in sich trug.

„Du sprichst, Anna, wie man in Büchern liest. Manche Leute würden es romanhaft nennen."

„Wirklich? Und nennst Du es auch so?"

„Nicht ganz. Ich pflegte zuweilen dasselbe zu denken; vollkommene Liebe ist aber eben so wie vollkommene Schönheit Etwas, was man im wirklichen Leben nie antrifft."

„Aber nichtsdestoweniger glaubt man daran, und wünscht etwas Annäherndes zu finden. — Nein, mein Kind, ich spreche nicht romanhaft; dazu bin ich zu alt und habe zu viel in der Welt gesehen. Aber trotz alles Dessen, was ich gesehen — trotz der erlogenen, thörichten, schwachen Zuneigungen — der unheiligen Ehen, die in der Folgezeit durch den Kampf gegen das Unvermeidliche noch unheiliger gemacht wurden, — glaube ich dennoch an die eine wahre Liebe, welche das Herz des Weibes treulich an einen Mann in diesem Leben und, Gott gebe es, auch in der nächsten bindet. Aber, kleine Frau, brauchst Du denn eigentlich dies Alles zu hören? Du wünschest doch nicht, daß man Dich lehre, wie Du Nathanael lieben sollst?“

Agathe versuchte zu lächeln — um den Schmerz zu verbergen, der in ihrem Herzen erwachte.

„Nun, so komm', ich will Dich lehren, wie Du ihn lieben sollst — in bessern Worten als die meinigen sind, nämlich in den Worten eines Weibes, welches, obschon sie aus der tiefen Wahrheit ihres Dichterherzens schreibt, es doch verschmähen würde, etwas Romanhaftes zu schreiben.“

„Das würde auch jede Andere,“ antwortete Agathe, und ließ ihre Augen nach einem Buche schweifen, welches Miß Valery von der seidenen Decke genommen, und welchem die „arme Elisabeth" liebend mit den Augen folgte, wie kranke Personen dem Antlitze eines Freundes zu folgen pflegen.

„Höre und öffne Dein Herz. Die Worte können sicher darauf rechnen, Eingang darin zu finden," sagte Anna in heiterem Tone, bis sie, während sie in dem Buche blätterte, wieder ernst ward. Sie war noch nicht zu alt, um für den magisch nebelhaften Glanz der Poesie unempfindlich zu sein. Ihre Stimme klang ganz ungewöhnlich — wenigstens ganz anders als Agathe sie jemals gehört — als sie zu lesen begann:

„Ich liebe Dich, weil ich Dich lieben muß;
Ich liebe Dich, weil ich nicht anders kann;
Ich liebe Dich durch einen Himmelsschluß;
Ich liebe Dich durch einen Zauberbann.

„Dich lieb' ich wie die Rose ihren Strauch;
Dich lieb' ich wie der Tag den Sonnenschein;
Dich lieb' ich bis zum letzten Lebenshauch;
Dich lieb' ich — denn Dich lieben ist mein Sein."*)

Es trat eine Pause ein — die Herzen waren zu voll — bis endlich Agathe einen Seufzer hinter sich vernahm.

---

*) Die Verse im englischen Original sind eine unverkennbare Nachbildung des hier mitgetheilten bekannten Rückert'schen Gedichts.

A. d. Ueb.

Ihr Gatte war an die Thür gekommen, und hatte, als er lesen hörte, sich hereingestohlen, ohne daß ihn Jemand bemerkt als seine Schwester. Agathe sah Nichts; ihre Augenlider waren fest und grimmig über den Thränen geschlossen, welche bei dieser Vision eines verlorenen oder unmöglichen Paradieses zu entquellen begannen.

„Agathe!"

Sie blickte auf und sah ihn dastehen, mit seiner bleichsten, kältesten Miene — mit der Miene, welche alle Mal jedes junge Gefühl in ihr zu Eis erstarren zu lassen schien. Der Schmerz, den es ihr verursachte, machte sich blos in einem einzigen Ausdrucke Luft, der kaum bestimmt war, über ihre Lippen zu kommen, und auch von Niemandem gehört ward als von ihm:

„O warum — warum hab' ich geheirathet!"

Schon im nächsten Augenblicke fühlte sie, wie unrecht dies war, und hätte es gern wieder gutgemacht; Nathanael aber hatte sich rasch von ihr hinweg bewegt. Elisabeth rief ihn; er schien nicht zu hören; Anna machte ihr Buch zu und redete ihn an:

„Bist Du gekommen, um mit uns zu plaudern, oder um Deine Frau wegzuholen?"

„Keins von Beidem ist meine Absicht," entgegnete er in bitterem Tone. Bald aber faßte er sich, und setzte hinzu: „Ich kam, um Dich zu holen, Anna. Mein Vater wünscht Dich zu sehen. Er mag von Allem, was ich ihm vorstellig mache, Nichts wissen. Du mußt herunterkommen und mit ihm sprechen, sonst weiß ich nicht, was werden soll."

Agathe hatte ganz vergessen, daß ihr Gatte die Absicht gehabt hatte, nach Tische seinen Vater von seinen Plänen in Bezug auf die Uebernahme des Postens eines Wirthschaftsinspectors zu unterrichten.

Es war, wie es schien, eine härtere Aufgabe gewesen als er geglaubt, gegen die Vorurtheile des alten Squire zu kämpfen.

Als Agathe seine Unruhe und Aufregung bemerkte, bereuete sie tief jede gegen ihn begangene Unfreundlichkeit.

Sie näherte sich ihm.

„Was giebt es?" fragte sie. „Sage mir's! Laß mich Dir beistehen."

„Du willst mir beistehen?" wiederholte er, und setzte dann in gezwungen freundlichem Tone hinzu: „Ich danke Dir, Agathe. Du bist immer gut."

Er erlaubte ihr, seinen Arm zu ergreifen, und mit ihr und Miß Valery zu sprechen.

„Ich fürchtete, daß es so kommen würde," sagte die Letztere. „Dein Vater hat einen starken Willen,

aber dennoch kann er überredet werden. Wir müssen
es versuchen."

„Aber nur durch Ueberreden — nicht durch
Gründe; verstehe mich, Anna, nicht durch Gründe."

Miß Valery sah den jungen Mann mit forschen=
dem Blicke an.

„Nathanael," sagte sie, „wenn ich Dich nicht
so genau kennte und nicht wüßte, unter wessen Lei=
tung Dein Charakter sich gebildet hat, so würde es
mir schwer ankommen, Dir zu vertrauen."

„Anna!" rief er, und wieder äußerte die eigen=
thümliche Weise, die zuweilen an ihm zum Vorschein
kam und ihn viel älter aussehen ließ als er wirklich
war, ihren seltsamen Einfluß auf Miß Valery, und
beherrschte sie durch eine verborgene Strömung, die
mächtiger war als selbst ihr Urtheil.

„Ja," sagte sie leise, „ich will Dir vertrauen.
Laß uns hinuntergehen."

Und sie drehete sich mit ihm herum, um Elisa=
beth Lebewohl zu sagen.

Die Aufregung des Sprechens war für die arme
Kranke zu groß gewesen. Eine ihrer finstern Stun=
den kam über sie. Die Augen waren geschlossen,
und das Gesicht nahm unter den heftigen physischen
Schmerzen einen spitzen, scharfen Ausdruck an.

Agathe konnte diesen Anblick kaum ertragen,

Nathanael aber neigte sich über seine Schwester mit jener beschwichtigenden Güte, die bei einem Manne so schön ist.

„Sollen wir bei Dir bleiben? Soll ich es wenigstens?"

Elisabeth gab durch ihre Bewegungen ein entschiedenes „Nein" zu erkennen.

„Ich weiß es schon," sagte Miß Valery bei Seite, „sie will lieber allein sein. Es kann ihr Niemand Etwas helfen, und für Agathen taugt dieser Anblick nicht, denn sie ist nicht daran gewöhnt wie wir."

Und dann rief Anna die Zofe der Kranken aus dem Nebengemache herbei, und führte Agathen eiligst hinweg.

Diese klammerte sich an den Arm ihres Gatten und hörte, wie er halb bei sich selbst sagte:

„Und dennoch glauben wir, das Leben sei schwer, und murren über das, was wir haben, und sehnen uns nach dem, was wir nicht haben! Wir sind Alle sehr gottlos! Die arme Elisabeth!"

Die Drei gingen schweigend die Treppe hinunter.

An der Thür des Speisezimmers ließ Agathe den Arm ihres Gatten los.

„Warum verlässest Du mich, Agathe?"

„Ich dachte — ich glaubte, Du wünschtest vielleicht —"

„Ich wünsche Dich stets bei mir zu haben. Anna weiß" — und er sah Miß Valery bedeutsam an — „daß ich weder mit ihr noch mit meinem Vater in vertrauliche Mittheilungen eingehen werde, ohne dieselben mit meinem Weibe zu theilen. Sie hat den ersten Anspruch, und was nicht ihr gehört, das soll auch Niemand anders erlangen."

Anna verrieth durch ihre Miene, daß sie nicht recht wußte, was sie denken sollte. Endlich sagte sie in gedämpftem Tone:

„Ich glaube, ich verstehe, und Du hast ganz Recht. Ich werde es nicht vergessen."

Der alte Squire saß in seinem Lehnstuhle mit Dessert und Wein noch vor sich. Jetzt, wo die Heiterkeit der Tafelrunde nicht mehr existirte, sah er sehr alt aus — alt und auch einsam, denn er war der einzige Anwesende in diesem umfangreichen Zimmer.

Als Miß Valery eintrat, richtete er den Kopf empor; durch den Eintritt seiner Schwiegertochter aber schien er unangenehm berührt zu werden.

„Agathe!" rief er, „Deine Muße zu beeinträchtigen, war nicht meine Absicht."

„Ich weiß es wohl, lieber Vater," entgegnete Nathanael, „ich war es, der sie bat, mitzukommen.

Vergieb mir — ich konnte doch nicht Miß Valery
an unseren Familienberathungen Theil nehmen lassen und meine eigene Frau davon ausschließen.
Sie ist jetzt keine fremde Person mehr."

Mit diesen Worten ließ Nathanael seine junge
Gattin auf einem Stuhle Platz nehmen, und stellte
sich neben sie, indem er ihre kalte Hand ergriff, denn
trotz aller Mühe, die sie sich gab, konnte sie sich nicht
enthalten zu zittern. Noch niemals hatte sie Etwas
von jenen furchtbaren Dingen kennen gelernt, welche
man „Familienzwistigkeiten" nennt.

„Nun, Vater," fuhr er in geradem, aber ehrer-
bietigem Tone fort, „Anna wird jede Frage beantworten, um Dir zu beweisen, was ich Dir schon gesagt, nämlich daß sie auf meinen eigenen Wunsch
bereit ist, mich zu ihrem Wirthschaftsinspector zu
ernennen."

„Zu ihrem Freunde und Rathgeber," schaltete
Anna ein.

„Daß es Dein eigener Wunsch sei, Nathanael,
habe ich auch gar nicht bezweifelt. Es wäre ja
sonst unmöglich, daß Miß Valery meine Familie
auf so gröbliche Weise beleidigte."

Bei diesen Worten erröthete Anna und trat
mit einem Anfluge von dem Stolze ihrer jungen
Tage ein paar Schritte zurück.

„Ich glaubte nicht, Mr. Harper," sagte sie, „daß es eine Beleidigung wäre, die Stellung, welche Ihr Sohn zu bekleiden wünscht, ihm anzubieten, oder eine Schande für ihn, sie anzunehmen. Fern sei es von mir, auf irgend eine Weise einem Mitgliede Ihrer Familie zu nahe zu treten, ganz besonders dem Sohne, den Ihre Gattin, als sie starb, meinen und Brian's Armen überantwortete."

Noch niemals hatte Agathe von Anna den Namen Brian ohne weiteren Zusatz aussprechen hören. Sie sprach jetzt augenscheinlich wie Leute sprechen, die sehr aufgeregt sind und sich dann einer Redeweise bedienen, die ihnen sonst nicht eigen zu sein pflegt.

Der alte Squire schwieg eine Minute lang und streckte dann die Hand aus.

„Ich kenne Deine Herzensgüte, Anna, aber ich kann nicht allen meinen Rechten entsagen. Selbst ein jüngerer Sohn darf Nichts thun, was dem Ansehen seiner Familie Eintrag thut. Mit Ausnahme eines einzigen kurz vorübergehenden Falles hat es seit Jahrhunderten nie einen Harper gegeben, der nach dem lieben Brote gearbeitet hätte."

„Nun denn, Vater, laß mich den Ersten sein, der diese unbegreiflich kühne und energische That beginnt," sagte Nathanael mit gutmüthigem, überredendem Lächeln. „Laß mich, da ich ebenfalls ein Brian bin, ein Blatt aus Onkel Brian's Buche reißen und versuchen, ob ich nicht, wie er einst that, in meiner Heimath arbeiten kann, ohne daß die Ehre meiner mich umgebenden Familie dadurch leidet."

„Nun, und was richtete er denn aus? Ward er nicht zurückgesetzt, gedemüthigt und betrogen? Ich reite niemals an seinen alten verlassenen Thongruben vorüber, ohne dem Himmel zu danken, daß er lieber nach Canada ging als uns durch das schändete, wohin seine Thorheit ihn endlich hätte bringen müssen. Er würde das Wenige, was er besaß, verloren haben — er wäre bankerott geworden und vielleicht seiner Ehre verlustig gegangen."

„Mr. Harper!" rief Anna, indem sie sich von ihrem Stuhle erhob, „ich glaube, Sie sprechen sich sehr hart über Ihren Bruder aus. Niemals hätte gesagt werden können, und niemals wird gesagt werden, daß Brian Harper seiner Ehre verlustig gegangen sei."

Bei diesen mit ungewöhnlicher Wärme gesprochenen Worten drückte ihr Nathanael dankbar die Hand. Der Squire bemerkte in noch würdevollerem Tone, daß Niemand besser als er die Vorzüge seines Bruders anerkenne, und er danke Miß Valery dafür, daß sie ihr freundliches Interesse auf jeden Zweig der Familie Harper ausdehne.

„Und nun," fuhr er fort, „wollen wir diesem Gespräche ein Ende machen. Mein Sohn kennt meine Ansichten und wird ohne Zweifel denselben gemäß handeln. In Beweisführungen laß ich mich mit meinen Kindern niemals ein."

Er gab dadurch zu verstehen, daß es ihm unmöglich sei, Etwas zu thun, was er einmal nie thäte, stützte sich auf die Armlehnen seines Stuhles, und versuchte matt, sich zu erheben.

„Vater," rief Nathanael ihn zurückhaltend, „es wird mir schwer, Dich auf diese Weise zu belästigen, aber ich kann nicht anders. Ich muß arbeiten."

„Diese Nothwendigkeit sehe ich nicht ein."

„Wenn aber die Nothwendigkeit vorhanden ist, wenn meine eigenen Gefühle, mein Gewissen — andere Gründe, die ich hier nicht geltend machen kann" — und unwillkürlich blickte sein Auge auf seine Gattin.

Ihr instinctartiges Zartgefühl machte die Wahrnehmungsfähigkeit des alten Mannes klarer. Er verneigte sich gegen Agathen.

„Wir brauchen uns," sagte er, „wegen dieser Discussionen nicht bei einer Dame zu entschuldigen, welche meinem Sohne die Ehre erzeigt hat, ihr Schick-

Agathens Gatte. III.   3

fal mit dem seiner alten Familie zu vereinigen." —
Und er war augenscheinlich der Meinung, daß Agathe
für die ihr erwiesene Ehre der Familie Harper denselben Dank schuldig sei. — „Ich bin überzeugt, sie
wird mit mir dahin übereinstimmen, daß dieser
Schritt nicht nothwendig ist."

Agathe zögerte. So sehr sie auch es zu thun
wünschte, so hielt doch ihr Rechtsgefühl sie ab, offen
Partei gegen ihren Gatten zu nehmen.

Sie schwieg — Nathanael antwortete in dem
Tone eines Menschen, welcher sich nur mit Mühe zu
beherrschen vermag:

„Ich habe meiner Gattin schon alle Gründe
mitgetheilt, die ich Dir so eben angeführt, und welche
beweisen, daß, da ich einmal entschlossen bin, unabhängig zu sein, es keinen andern Weg giebt als
diesen. Ich bin im Auslande erzogen und habe
kein bestimmtes Fach erlernt. Für das Leben in der
Stadt oder für angestrengte Studien ist meine Gesundheit nicht kräftig genug. Viele, fast alle gewöhnlichen Wege, auf welchen ein Mann von guter Familie
seinen Lebensunterhalt verdienen kann, sind mir auf
diese Weise abgeschnitten. Was dagegen Anna Valery
mir anbietet, kann ich thun und würde es auch
sehr gern thun. Vater, sei mir nicht hinderlich,

wenn sich mir Gelegenheit bietet, mir ein wenig Behaglichkeit und Frieden zu erringen."

In dieser Bitte lag, so ernst und männlich sie auch war, doch auch eine gewisse Wehmuth, welche Agathen überraschte und bekümmerte.

Konnte dies der Liebende sein, dem sie, indem sie sich ihm selbst gab, vollständiges Glück geschenkt zu haben schien? Hatte auch er, eben so wie sie, in diesem neuen Verhältnisse eine Leere gefunden, zu deren Ausfüllung er nothwendig zu einem thätigen, arbeitsvollen Leben seine Zuflucht nehmen mußte? War sie vielleicht niemals im Stande, ihn sowohl als sich selbst wahrhaft glücklich zu machen? Und wenn dem so war, was war die Ursache davon?

Der Squire betrachtete mit scharfem Blicke seinen Sohn, der in so ehrerbietiger und dennoch so fester Haltung vor ihm stand. Es schien in diesen bleichen, zarten, frauenhaften Zügen Etwas zu liegen, was ihn betroffen machte; vielleicht sah er darin das Weib, welches starb, als Nathanael geboren ward, und deren Tod, wie man sagte, das Herz des Vaters gegen den armen Knaben in seltsamer Weise erkältet hatte.

„Mein Sohn," sagte er, „Du bist beinahe Dein ganzes Leben fern von mir gewesen, und wo ich wenig gegeben habe, da kann ich auch wenig ver-

3*

langen. Ich bin aber ein alter Mann. Laß mich nicht fühlen, daß auch Du Dich gegen mein graues Haupt auflehnst."

"Gott weiß, Vater, daß ich dies nicht für Welten thun würde. Aber was kann ich beginnen, Anna? Was kann ich beginnen?"

Anna erhob sich und lehnte sich über Mr. Harper's Stuhl wie eine bevorrechtete älteste Tochter, die heimlich durch ihr Urtheil die Weisheit kräftigte, welche in Folge des Alters matt und schwach ward. Sie that es aber in ehrerbietiger Weise, wie wir Alle es von unsern Kindern gethan zu sehen wünschen würden, wenn unsere eigene Einsicht sich umdüstert. Denn ach! selbst die Weisesten und Standhaftesten von uns murmeln vielleicht später einmal einer jüngeren Generation den altersschwachen Schmerzensruf zu: "Ich bin alt und thörigt — ich bin alt und thörigt!"

"Werther Freund," hob Anna an, "wenn Nathanael diesen Plan verwirklicht, so wird dies zum Troste, aber nicht zur Unruhe Ihres grauen Hauptes gereichen. Bedenken Sie, wie angenehm es sein wird, immer einen Sohn in der Nähe zu haben, dessen junge hübsche Gattin dem alten Kingcombe Holm nur zur Zierde dienen kann."

Dies war sehr klug gesprochen — der alte Herr

sah seiner Schwiegertochter in das anmuthige Gesicht, und verneigte sich wohlwollend.

„Dann wird Ihr Sohn auch auf dem Lande leben — er wird das Leben führen, welches er liebt, und welches Sie lieben — ganz das Leben, für welches Sie seit so langen Jahren seinen Bruder vergebens zu gewinnen gesucht haben."

Der Squire drehete sich hastig herum.

„Ueber diesen Gegenstand," rief er, „bitte ich, zu schweigen. — Anna, Anna," setzte er hinzu, „willst Du wieder meine Pläne vereiteln? Möchtest Du mir auch meinen andern Sohn rauben?"

Sie trat tief verletzt zurück.

„Nein, nein, liebe Anna," hob der Squire wieder an, „das meinte ich nicht. Du warst nicht daran Schuld — Ihr Beiden paßtet einmal nicht für einander. Uebrigens verlor ich trotz Deines Eigensinns eine Tochter nur dem Namen nach. Vergieb mir, Anna!"

„Mein theurer alter Freund," flüsterte sie, und legte ihre Finger leise in die abgemagerte, welke Hand des Squire. Er küßte sie nicht blos mit der Grazie eines alten Höflings, sondern auch mit der Zärtlichkeit eines Vaters. Sie verrieth, obschon gerührt durch seine Güte, keine stärkere Gemüthsbewegung, und Agathe, welche diesen kleinen Auftritt, der einen von ihr längst gehegten Verdacht bestätigte, aufmerksam beobachtet hatte, ward dadurch nicht wenig betroffen gemacht.

Wenn Anna's Leben irgend ein trauriges Geheimniß in sich schloß, so war es augenscheinlich doch nicht dieses. Aus Liebe zu Major Harper war sie keine alte Jungfer geworden.

„Nathanael," sagte der alte Mann, indem er mit Würde zu der anfänglichen Conversation zurückkehrte, „ich will nicht hart oder ungerecht sein. Es giebt blos einen Weg, unsere entgegengesetzten Willensmeinungen mit einander auszusöhnen, da Du einmal entschlossen bist, diesen Unabhängigkeitsplan durchzusetzen. Du hast mir Deinen Plan mitgetheilt — willst Du auch den meinigen gelten lassen?"

„Laß mich ihn hören, Vater," antwortete Nathanael ehrerbietig.

„Du hast bis jetzt noch Nichts von mir bekommen. Dein Onkel Brian wollte es einmal nicht zugeben — auch wirst Du nie viel erhalten, denn ich muß mein Besitzthum für den nächsten Erben von Kingcombe Holm unversehrt bewahren. Nichts soll die Rechte meines ältesten Sohns beeinträchtigen, auf dem die Ehre unserer Familie und unseres Namens ruht."

Agathe, welche den entschlossenen Stolz bemerkte,

womit ihr Schwiegervater dies sagte, wunderte sich, daß ihr Gatte mit finsterer Miene zuhörte und keine Antwort gab. Sie fand es unbrüderlich, unfreundlich.

„Aber," fuhr Mr. Harper fort, „obschon die Hauptsache von Allem, was ich besitze, für Frederik gesichert bleiben muß, so habe ich doch außerdem noch etwas Weniges, welches ich zur Aussteuer für meine Töchter gespart habe. Wenn ich Dir nun mit ihrer Zustimmung diese Summe leihe und Du Dich für ein Erwerbsfach ausbilden willst —"

„Nein, Vater, nein! Nie werde ich auch nur einen Heller von Dir oder meinen Schwestern annehmen. Ich will mich nicht wieder mit dem Eigenthume Anderer beladen! Ach, wo sind die Tage, wo ich aus der Hand in den Mund mein Brot verdiente, und Freiheit und Ruhe genoß!"

Er sprach mit Aufregung, und ward sich des Umfangs dessen, was er gesagt, erst bewußt, als er fühlte, wie die Hand seiner Gattin langsam der seinen entsank.

„Nein, Agathe — ich meinte nicht —" und er versuchte sie wieder zurückzuziehen. „Vergieb mir."

„Vielleicht haben wir Beide Ursache, einander zu vergeben."

Niemand hörte dieses traurige Geflüster zwischen

dem jungen Ehepaare. Sie standen da, als ob
Nichts gesprochen worden wäre — denn Beide fühl-
ten in ihrem Innern, daß die Pflicht ein eben so
starkes Band war als die Liebe.

Und nun, mitten unter dem peinlichen Schweigen, welches sich auf alle Vier herabsenkte, dröhnten
zehn schwere Schläge der Uhr in der Hausflur, und
mahnten an den schnellen Flug der Zeit — zu schnell,
um mit Kampf und Streit vergeudet zu werden.

Anna erhob sich, und auf ihrem bleichen
Antlitze schien eben dieser Gedanke geschrieben zu stehen.

„Meine theuern Freunde," sagte sie, „hört mich
eine Minute an. Hier steht eine Person, welche bis
jetzt noch kein Wort gesprochen, obschon die Frage
sie mehr angeht als irgend einen von uns. Laßt
Agathen entscheiden."

Der alte Mann zögerte. Vielleicht wünschte er
in seinem Herzen selbst einen gütlichen Vergleich, oder
er zog aus der gewöhnlichen Menschennatur den
Schluß, daß der Stolz der jungen Frau sie zu seiner
Verbündeten machen und auf diese Weise einen Willen würde besiegen helfen, dem, wie jeder Vater, der
Nathanael in's Gesicht schaute, sofort errathen
mußte, durch Drohungen Nichts abzugewinnen war.

„Pas aux dames," sagte Mr. Harper mit freundlich ritterlicher Miene, und setzte dann ernster hinzu:

„Meine liebe Schwiegertochter — wähle. Vergiß aber nicht, daß Du zwischen Deinem Gatten und seinem Vater stehst."

Agathe fühlte, als sie sich auf einmal in eine so neue und wichtige Stellung versetzt sah, eine stürmisch andringende Versuchung, ihrem eigenen Triebe zu folgen. Sie wendete sich mit bittendem Blicke nach Miß Valery herum; die Augen dieser aber waren auf den Boden geheftet. Sie sah ihren Gatten an und begegnete einem Blicke des Zweifels und der Unruhe mit einem gewissen Grade von Verzweiflung gemischt.

„Er weiß, was ich über diese Angelegenheit denke," sagte sie bei sich selbst. „Vielleicht hält er mich für ein eigenwilliges Kind, welches von der ihm verstatteten Freiheit Nutzen zu ziehen sucht. Er ist im Voraus überzeugt von dem, was ich sagen werde."

Und sie hatte beinahe Lust, es laut zu sagen — zur Strafe dafür, daß er sie so unfreundlich beurtheilte; der kindische Trotz trat aber wieder in den Hintergrund, und ein besserer Geist machte sich geltend. Sie schob mit den Fingern ihrer rechten Hand den noch ungewohnten Trauring hin und her, bis sie, zufällig das Symbol fühlend, dadurch plötzlich an die Wirklichkeit erinnert ward.

„Ich bin Gattin," dachte sie, „und unter allen Umständen will ich die Pflicht einer Gattin erfüllen."

Und mit diesem Entschlusse flohen alle angenehmen kleinen Thorheiten und Versuchungen, die ihr Herz umschwärmten, hinweg, und sie fühlte sich — wie dies alle Mal der Fall ist, wenn man beschlossen hat, nur das Recht und nichts Anderes in's Auge zu fassen — mit einem Male entschieden und ruhig.

Sehr einfach — fast kindisch — sagte sie, während sie die Hand ihres Schwiegervaters ergriff:

„Wenn es Ihnen recht ist, und wenn Sie nicht böse sind, so möchte ich, es geschähe Alles gerade so, wie mein Gatte wünscht. Er weiß es am besten."

Mit diesen Worten hatte sie ihren ganzen Muth erschöpft und nahm einige Minuten lang darauf weiter Nichts deutlich wahr als daß der Squire, nicht zornig, wohl aber ohne ein Wort zu sprechen, und auf Miß Valery's Arm gestützt, fortging, und daß sie mit Nathanael allein in dem Speisezimmer zurückblieb.

Zweites Kapitel.

———

„Das ist die Folge, wenn Familiendiners und Familiengespräche bis Mitternacht dauern," sagte Mary Huber mit einem kleinen Anfluge von Bitterkeit. „Es ist für die Herrin eines pünktlichen Hauswesens sehr ärgerlich, eine ganze Stunde dasitzen und mit dem Frühstücke warten zu müssen."

„Mary, sei nachsichtig," rief Anna. „Wir mußten nicht, daß Du schon fertig wärest, und waren in meinem Zimmer sehr eifrig beschäftigt. Nicht wahr, Agathe, es war keine Trägheit von unserer Seite an unserem langen Ausbleiben Schuld?"

„Nein, gewiß nicht," entgegnete Agathe. „Ich glaube, Miß Valery ist das thätigste Frauenzimmer, welches ich je kennen gelernt. Wie kann sie nur mit Allem fertig werden!"

„Dadurch, daß ich mir die Sache erst überlege und dann demgemäß verfahre. Dein Gatte macht es auch so, wie ich sehe. Wir werden mit einander vorwärts kommen, als ob wir unser ganzes Leben lang zusammen gearbeitet hätten. Meinst Du nicht auch, ‚meine rechte Hand,‘ Nathanael?"

Er antwortete freundlich — er sah an diesem Morgen aus wie ein ganz neuer Mensch —:

„Ja, ich glaube Deine Art und Weise zu verstehen. Meine erste halbe Geschäftsstunde in dem denkwürdigen ‚Anna's Zimmer‘ in Kingcombeholm war gleichsam eine Wiederkehr der alten Zeiten. Ich bewundere Dich, Anna! Es ist, als ob Du gerade so erzogen wärest wie ich — von Onkel Brian. Du hast ganz seine Art und Weise."

Anna lächelte und ließ mit einem Scherze über das dreifache Kompliment, welches er ihr zu machen gewußt, das Gespräch auf andere Dinge übergehen.

Mary und Eulalia sprachen ungeheuer viel. Sie nahmen Beide großen Anstoß an der neuen Stellung ihres Bruders und an seiner beabsichtigten Lebensweise, die ohne Verzug in Ausführung gebracht werden sollte. Beide Misses Harper gehörten zu jenen weiblichen Gemüthern, die gewissen Blumen-kelchen gleichen — um so weniger schön, je weiter sie sich öffnen.

Agathe war verwundert, wie geduldig Miß Valery die sanften Gemeinplätze Mary's und die Abgeschmacktheiten Eulaliens hinnahm. Anna's gutes Herz schien aber einen Schild der Zärtlichkeit über Jeden zu halten, der den Namen Harper trug.

Endlich ward Agathe der Discussion überdrüssig, denn sie bestand ungefähr aus einem Dutzend verschiedener Pläne für den Tag, die alle einzeln aufgestellt und wieder fallen gelassen wurden, weil einer dem andern widersprach. Der gemüthliche Schlendrian des Landlebens in einer großen Familie erschöpfte ihre Geduld, und sie wäre gern aufgestanden und hätte Alle zu gesundem Menschenverstande und Energie aufgerüttelt. Ihr Gatte aber und Miß Valery nahmen Alles leicht hin — sie waren an den Ton von Kingcombe Holm schon gewöhnt.

„Ach, wenn nur Deine Schwester Harriet käme oder Mr. Dugdale," flüsterte sie ihrem Gatten zu. „Diese würden die Sache gewiß sehr bald zur Entscheidung bringen."

„O keineswegs, die Sache würde dadurch erst recht schlimm werden. Und siehe! — Wenn man von Engeln spricht, sieht man oft schon ihre Fittige. Bist Du es, Marmaduke?"

„Ja wohl."

Mr. Dugdale kam gelassen durch die Glasthür

herein und sah sich mit einem Lächeln um, welches
Allen galt. Er versuchte niemals, die Personen Eine
nach der Andern zu begrüßen, und als Agathe ihm
die Hand bot, rief er ein überraschtes, aber gutmü-
thiges: „Ei!"

Dann sah er sich träumerisch im Zimmer um,
ergriff einen alten Folioband, vertiefte sich in denselben und machte gelegentliche Bemerkungen, die in
ihrer Art höchst interessant, für die Conversation im
Allgemeinen aber sehr unwichtig waren.

Agathe lugte zum Spaße nach dem Titel des
Buchs — es war ein trockenes Werk über Mechanik
— und beobachtete dann den Leser und überlegte,
welche große intellectuelle Kraft in dem Kopfe und
welcher Scharfsinn in dem Auge lag. Auch hatte er
in der That zu Zeiten einen wunderbar geistigen
Ausdruck, der zu dem materiellen seiner täglichen
Existenz einen seltsamen Gegensatz bildete. Niemand
konnte diesen Ausdruck sehen, ohne überzeugt zu sein,
daß in Marmaduke Dugdale's schweigendem, träume-
rischem Gemüthe schöne Tiefen vorhanden waren, in
welche nur das göttlichste Auge zu blicken vermochte.
Nichtsdestoweniger konnte er dann und wann aus-
gezeichnet praktisch sein, besonders in der Mechanik.

„Nathanael, Nathanael! Schau' einmal her!
Das ist gerade der Apparat, welchen Brian bei seinen

alten Thongruben hätte gebrauchen können. Sieh'
nur!"

Und er begann auf eine Weise zu sprechen, die
Ihnen völlig unverständlich war, während Natha=
nael, über die Lehne seines Stuhles gebeugt, auf=
merksam zuhörte.

Es war angenehm, die Zuneigung zwischen den
beiden Schwägern zu sehen. Der jüngere Mann
nahm so viel Rücksicht auf die Sonderbarkeiten des
älteren, der ein seltsames Gemisch von Philosophen und
Kind zu sein schien. Es war dies einer von den
Zügen, welche Agathens Herz fortwährend zu ihrem
Gatten hinzogen.

„Da wir von Thongruben sprechen," sagte Duke,
in welchem plötzlich eine Erinnerung dämmerte, „so
fällt mir ein, daß ich Etwas für Dich hier habe."

Mit diesen Worten zog er aus der umfangrei=
chen Masse Papiere, die er in den Taschen trug, eins,
welches noch nachlässiger gekritzelt war als die übrigen.

„Es ist ein von mir ausgesonnener Plan, um
unsern Thongräbern und den Steinbrechern auf der
Insel Portland, welche im Winter zuweilen fürchter=
liche Noth leiden müssen, ein wenig zu Hülfe zu
kommen. Trenchard hat ein hübsches Sümmchen
gezeichnet — es wird dies ihn und den Freihandel
populär machen, davon bin ich überzeugt."

Und Mr. Dugdale lächelte mit dem liebenswür-
digsten und unschuldigsten Macchiavellismus.

Nathanael schüttelte neckend den Kopf, zum großen Ergößen seiner Gattin, welche sich herangema-
chen, um zu sehen, was vorging, und sich auf seinen
Arm stützte und mit auf das unleserliche Papier
schauete.

„Ein ganz ausgezeichneter Plan, Marmaduke
— sehr weit ausgeholt. Du giebst diesen Leuten
Weihnachtsschmäuße und sie geben Dir — ihre Stimmen als Wähler."

„O, durchaus nicht — das wäre Bestechung.
Wir —" er dachte eine Minute lang nach — „o, wir
wollen blos Die unterstützen, die keine Stimme ab-
zugeben haben."

„Dann werden aber die Stimmenden alle gegen
Euch sein."

Mr. Dugdale strich sich in Verlegenheit das
Haar in die Höhe, bis es ihm kerzengerad von der
Stirn emporstand. Es dauerte nicht lange, so zeigte
sich wieder ein Dämmern von Zufriedenheit.

„Alle gegen uns? O gewiß nicht; sie würden
sich freuen, ihre armen Nachbarn unterstützt zu sehen
— gerade so wie wir, Du oder ich, uns darüber
freuen würden. Sie würden sofort für Trenchard
und den Freihandel Partei ergreifen. Also, willst

Du uns Deine Mitwirkung leihen? Apropos, es sagte mir Jemand, Du wärest sehr reich — oder wenigstens Deine Frau wäre eine Erbin. Sie sieht mir auch sehr gutmüthig aus. Ganz gewiß schreibt sie ihren Namen hier unter den Anna Valery's."

Und er wendete sich zu Agathen mit jener freimüthig freundlichen Miene, womit er Jedermann für seine Absichten zu gewinnen wußte.

„Ja, das wollen wir," rief Agathe, „obschon ich wahrscheinlich nicht so reich bin als Miß Valery. Auf jeden Fall aber haben wir genug, um arme Leute zu unterstützen, nicht wahr?"

Diese letztere Frage war an Nathanael gerichtet, aber er antwortete Nichts.

Agathe fuhr fort:

„Viel brauchen wir nicht zu geben, denn Mr. Trenchard und Miß Valery stehen Beide auf der Liste vor uns. Wir wollen — wie viel denn gleich — wir wollen fünfzig Pfund geben. Bitte, geh' einmal hinauf und hole mir fünfzig Pfund!" sagte sie, indem sie liebkosend an dem Arme ihres Gatten hing.

Er blickte auf sie herab und dann hinweg. Er war sehr ernst geworden.

„Wir wollen ein ander Mal davon sprechen, liebe Agathe," sagte er nach einer kurzen Pause.

„Aber ein ander Mal wird nicht Zeit dazu sein.

Ich möchte es jetzt thun. Ich fürchte," flüsterte sie erröthend, „ich fürchte, daß ich vor meiner Verheirathung sehr leichtsinnig und egoistisch war. möchte nun aber gern anders werden und mein G auf nützliche Weise anwenden, wie Anna Valery thut. Wohlthätigkeit ist ein Hochgenuß."

„Für Manchen aber ein zu theurer Hochgenuß," bemerkte Nathanael.

Agathe blickte auf und glaubte kaum, daß er im Ernste spräche. Ihr offenherziges freigebiges Gemüth fühlte sich tief verletzt, und sie sagte in bitterem Tone:

„Ich wußte nicht, daß ich einen so sehr klugen Mann hätte."

Er nahm keine Notiz davon, sondern wendete sich zu Mr Dugdale.

„In der That, Duke," sagte er, „Du setzest mit Deinem Wohlthätigkeitssinne uns jungen Eheleuten ein wenig zu hart zu. Dies Mal müssen wir Dir unsere Börse verschließen."

Agathens Wange erglühete.

„Aber, wenn ich es nun wünsche —"

„Liebes Kind, es kann nicht geschehen — unsere Mittel erlauben es uns nicht."

Agathe ging zornig von ihm hinweg und verließ bald darauf, obschon nicht so bald, daß dadurch die Aufmerksamkeit der Uebrigen auf ihn oder sie selbst gelenkt worden wäre, das Zimmer.

Kaum hatte sie ihr eigenes erreicht, als sie einen Schritt hinter sich hörte.

„Zürnest Du mir, liebe Agathe, und um einer solchen Kleinigkeit willen?"

Nathanael ergriff ihre beiden Hände und blickte mit so freundlicher, so reuiger, so ernster Miene auf sie herab, daß sie sich des plötzlichen Sturmes, der ihr eigenes Gemüth trübte, schämte. Die Ursache davon schien ihr jetzt allerdings selbst eine Kleinigkeit zu sein. Sie senkte in kindlicher Weise das Köpfchen und gab keine Antwort.

„Wie kommt es," sagte Nathanael, indem er seinen Arm um sie schlang, „wie kommt es, daß wir fortwährend durch dergleichen ‚Kleinigkeiten' beunruhigt werden? Warum haben wir keine Nachsicht mit einander? Warum genießen wir nicht die glücklichen Augenblicke, die uns beschieden sind? Es sind deren ohnehin nicht viele, fürchte ich.—"

Sie blickte unruhig empor.

„Vielleicht liegt die Schuld hauptsächlich an mir," fuhr er fort. „Ich wünsche oft, Agathe, daß Dir der Himmel einen bessern Gatten gegeben haben möchte."

Und der Ausdruck seiner Züge war ein so mil=

4 *

der, wehmüthiger und zärtlicher, daß Agathens Zuneigung wieder erwachte.

Es lag etwas Kindisches und Thörigtes in diesen kleinen Zwistigkeiten. Sie raubten ihr allmählig
die Geduld. Zum zwanzigsten Male nahm sie sich
vor, sich nicht selbst unglücklich oder unruhig, oder
mürrisch zu machen, sondern Nathanael's Güte hin-
zunehmen, wie sie dieselbe sah, und an diese und
an ihn zu glauben, da ja nach jenem weisen Aus-
spruche Harriet's — welchen selbst Anna Valery be-
lächelte und nicht in Abrede stellte — selbst die besten
Männer zuweilen sehr unangenehm sind, und die
guten Eigenschaften eines Mannes niemals eher vollständig zum Vorscheine kommen als bis er wenigstens ein Jahr verheirathet ist."

Mit Thränen in den Augen und zitternden Lippen richtete Agathe ihr jugendliches Antlitz zu ihrem
Gatten empor. Er küßte sie, und der Friede war
geschlossen.

Obschon er aber dieses Zugeständniß und im
Laufe der nächsten Stunde noch viele andere Zuge-
ständnisse machte, um jeden Gedanken von Schmerz
aus ihrem Gemüthe zu entfernen, so verrieth er doch
in Bezug auf die Ursache des Streites nicht die mindeste Willensänderung.

Und vielleicht bewog dies seine Gattin, in ihrem

geheimen Herzen ihn nur um so höher zu achten. Gewöhnlich sind es die Schwachen und Irrenden, welche schwanken. Festigkeit eines mit Milde durchgeführten Vorsatzes verräth, daß ein vollgültiger Beweggrund vorhanden ist.

Agathe begann zu überlegen, ob ihr Gatte nicht vielleicht eine triftige Ursache zu seiner Handlungsweise habe.

Wahrscheinlich war es die sehr einfache, daß er seinen oder ihren Namen nicht gern auf einer Subscriptionsliste paradiren oder mit einer politischen Clique vermengt sehen wollte.

Nichtsdestoweniger wußte sie nicht recht, was sie denken sollte. Sie konnte nicht begreifen, warum er bei all' seiner Zärtlichkeit seinen Willen so oft dem ihrigen gegenüberstellte und ihrem Vergnügen in den Weg trat; warum er nicht schneller bereit war, ihr sein Vertrauen zu schenken; warum er mehr als ein Mal geradezu erklärte, es sei in Bezug auf verschiedene unangenehme Launen „ein Grund" vorhanden, während er ihr noch niemals gesagt hatte, worin dieser Grund bestünde.

Alles Dies waren geringfügige Dinge — aber bei dem frühen Sonnenaufgange des ehelichen Lebens wirft selbst der kleinste Maulwurfshaufen einen langen schwarzen Schatten.

„Ich will klug und vernünftig sein. Ich will mich nicht ohne Grund beunruhigen," sagte die kleine Frau zu sich selbst, als ihr Gatte sie verließ, um dem wiederholten Rufe einer weiblichen Stimme zu gehorchen, welche so eben das Haus betreten und sich gleich darauf in der Hälfte desselben hörbar machte.

Natürlich war es Harriet's Stimme.

Ihr, der Scharfblickenden und Redseligen, würde Agathe um Alles in der Welt Nichts verrathen haben. Deßhalb benetzte sie sich die Stirn mit kaltem Wasser, um die Spur von Thränen, die ihr in den Augen standen, zu entfernen, und ging rasch hinunter.

Harriet befand sich in einem Zustande bedeutender Entrüstung, obschon sie gleichzeitig lachte.

„Solche Leute wie Ihr sind mir noch nicht vorgekommen!" rief sie, „und einen Menschen wie meinen Duke hat es auch noch nicht gegeben. Er machte sich auf, um Euch Alle nach Corfe Castle zu holen — wie er selbst vorgeschlagen. Ich warte anderthalb Stunde. Dann setze ich mich auf mein Pony, um zu sehen, wo er bleibt — und siehe da! hier sitzt er in aller Ruhe — o Duke! Duke!"

Sie mußte ihm zwei Mal mit ihrer Reitgerte drohen, ehe er sich veranlaßt sah, von seinem Buche aufzuschauen.

„Nun, was giebt's, Kind?"

„Was es giebt? Siehſt Du denn nicht, wie
aufgebracht wir Alle ſind? Schimpft ihn doch —
Anna — Agathe — Nathanael! Immer ſchimpft!
Ich habe kein Erbarmen mit ihm. Sagte er nicht
ſelbſt, er wollte uns Alle nach Corfe Caſtle führen?
O Du! Du —"

Und Harriet's Augen ſagten, was ihr Mund
nicht im Stande war auszuſprechen.

Mr. Dugdale ſah ſich mit freundlicher Miene
rings um.

„Ach ja!" ſagte er dann, „das iſt ſchade! — Na,
laß es nur gut ſein, Weibchen; ich hatte es blos ver=
geſſen!"

Und indem er mit unbeſchreiblicher Sanftheit
und Gutmüthigkeit ihr die Hand ſtreichelte, ſchlug
er wieder ſein Buch auf.

„O Du! Du!" — hier nahm ſie eine ganz thea=
traliſch=pathetiſche Haltung an, „Du unbegreiflicher,
geheimnißvoller, vergeßlicher, alter guter Mann!"

Und auf die Lehne ſeines Stuhles ſpringend,
umſchlang Harriet ihren Gatten mit ſolchem Unge=
ſtüm, daß der unglückliche Philoſoph ſich gezwungen
ſah, ſeinem Buche zu entſagen. Er nahm die Lieb=
koſungen ſehr geduldig hin und betrachtete ſein luſti=
ges Weibchen lächelnd und mit „erhabener Liebe."

„Na, nun iſt es gut, Weibchen! — Bedenke

doch, daß wir hier nicht allein sind — laß mich in
Ruhe, Kind!"

Und indem er sich und sein Haar wieder in
einen gewissen Grad von Ordnung hineinschüttelte,
raffte er den Folioband auf, nahm ihn unter den
Arm und ging durch die Glasthür langsam den Ra-
senplatz hinab.

Agathe blickte auf ihren Gatten, der eben mit
Miß Valery sprach. Sie fragte sich im Stillen, was
wohl Nathanael sagen würde, wenn s i e es eben so
wie ihre Schwägerin machen und ihren Herrn und
Gemahl auf diese Weise tractiren wollte!

„Na, da geht er — ohne Zweifel ist er ganz
wüthend," bemerkte Harriet. (Er lächelte so wohlwollend, als ob er die ganze Welt umarmen könnte.)
„Wir müssen ihn im Stalle wieder abfangen. Ich
habe ‚Weißstern' als Handpferd mitgebracht, und
Duke wird munter werden, wenn er sein Lieblings-
roß sieht. Du nimmst mein Pony, Agathe. Du
kannst doch reiten?"

Reiten konnte Agathe allerdings, das heißt in
einer Londoner Reitschule und in einem Londoner
Park. In Bezug auf das Land hatte sie allerdings
ihre Zweifel, fühlte sich aber stark geneigt, einen Versuch zu machen, denn Mistreß Dugdale war in Kingcombe Holm erschienen wie ein Hauch frischer, kräf-

tigender Luft und hatte Allen Leben und Muth ein-
geflößt.

Nathanael erhob keinen Widerſpruch, nur beſtand er darauf, daß Mary's fromme graue Stute
anſtatt Harriet's wildem Pony benutzt werde.

„Ich werde ein Stück des Weges mit Dir reiten,"
ſagte er, „und Dich dann in Mr. Dugdale's Obhut
laſſen, während ich in Kingcombe bleibe."

„Warum?"

„Ich habe Geſchäfte dort."

Immer noch dieſelben langweiligen „Geſchäfte,"
über die er ſich niemals näher erklärte und die doch
fortwährend wie ein Popanz alle Freuden zu vereiteln ſchienen, ſo daß Agathe endlich ſchon den Klang
des Wortes haßte. Sie wendete ſich ab und erſuchte
Miſtreß Dugdale, ſie für den beabſichtigten Ritt zu
equipiren.

Anna Valery, die ſich mit ihrem ruhigen ge-
ſunden Menſchenverſtande einmiſchte, gelang es endlich noch, die Partie zu Stande zu bringen, welcher
Harriet es mit einer einzigen Ausnahme anheimge-
ſtellt hatte, ſich ſelbſt zu formiren. Als Agathe wieder herunterkam, fand ſie Alle gerüſtet, einen Tag
nach Art eines Picknicks in Corfe Caſtle zuzubringen
— luſtig und frei — um Abends bei Mondſchein
wieder nach Hauſe zu galoppiren.

Es ward Niemand davon freigelassen als der Squire, der mit bedeutender Würde solche al fresco-Belustigungen ablehnte, und Anna Valery, welche versprach, ihnen, nachdem sie einige Stunden bei Elisabeth zugebracht, auf ihrem Heimwege im Vorbeireiten an dem Schlosse einen kurzen Besuch abzustatten.

Agathe hatte seit ihrer Vermählung nie wieder zu Pferde gesessen. Sie fühlte sich wieder wie ein Mädchen, und die durch ihr verändertes Leben gedämpften wilden Lebensgeister ihrer Jugend erwachten, so daß sie sich zuweilen kaum selbst wiedererkannte, oder glaubte, sie verwandele sich in jenen Gegenstand ihrer frühern Verachtung — eine „ordinaire" junge Dame. Sie gab die unterwürfige, schüchterne „Mistreß Locke Harper" den Winden preis, und war wenigstens für diesen Tag wieder ganz Agathe Bowen.

Ihr Gatte war, nachdem er sie auf's Pferd gehoben und ihr Vorsicht und Behutsamkeit eingeschärft, überrascht, zu sehen, wie sie leicht ihm zunickte und dann freudig davongaloppirte, als ob sie und die graue Stute Flügel hätten.

Die Dugdale's folgten. Ein wildes Paar, denn zu Pferde war Marmaduke ein ganz anderes Wesen.

„Sieh' ihn nur an," rief Harriet lachend. „Hast

Du wohl geglaubt, daß mein Duke so reiten könne? Er sieht nie besser als zu Pferde. Er ist ein förmlicher Thessalier."

Agathen machte es großen Spaß, von Harriet Dugdale einen der altklassischen Literatur angehörigen Ausdruck zu vernehmen, und sie zollte Duke ihre herzlichste Bewunderung.

„Er ist ein prächtiger Reiter; er sitzt auf dem Pferde, als ob er dazu geboren wäre."

„Das ist auch der Fall. Mit vier Jahren schon ritt er die Pferde seines Vaters, und mit vierzehn ging er mit auf die Jagd. Und er besitzt ein so herrliches Temperament und dabei doch zugleich einen so festen Willen, daß er das wildeste Thier in der ganzen Grafschaft zu bändigen im Stande wäre. Sieh' nur!"

Weißstern war etwas störrig und rebellisch geworden. Sein Reiter bog sich gleichgültig ein wenig vornüber, gab ihm auf jede Seite des Kopfes eine tüchtige Ohrfeige, gerade als ob das stattliche Vollblutroß ein ungezogenes Kind wäre, und kam dann gelassen wieder zu den beiden Damen zurückgeritten.

„Harriet, Weibchen, komm' doch! Nathanael ist noch da. Rasch! rasch!"

Er versetzte dem Pony seiner Gattin einen Hieb, und fort sprengte sie. Harriet lachte herzlich, und

Duke galoppirte mit einer Anmuth und Leichtigkeit,
so daß Agathe kein Auge von ihm verwenden konnte.

Sie sah ihnen nach mit einem unklaren Gefühl
von Neid — diesem seltsamen Paare, in dessen Ver-
einigung so Vieles ungleich und eigenthümlich erschien, ausgenommen Eins — die Liebe, welche Alles
heiligte und vervollkommnete.

Als Nathanael herankam, trieb sie, weil sie
keine Lust hatte zu sprechen und vor allen Dingen
fürchtete, daß sein rasches Auge ihre Gedanken errathen würde, ihr Pferd an, rief Nathanael zu, er
solle ihr folgen, und ritt den Dugdales nach.

Sie waren noch nicht weit gekommen, so erwachte ihre ganze muntere Laune wieder in ihr,
denn ihr Gatte schien sich eben so glücklich und fröhlich zu fühlen wie sie selbst, und ging auf alle ihre
heiteren Gedanken ein. So galoppirten sie dahin
wie zwei Kinder über die von frischem Lufthauche
bestrichenen purpurnen und duftigen Moorgefilde, die
hügeligen Schaftriften hinab, die jetzt kahl im Herbst-
sonnenscheine dalagen.

Nathanael bewies, daß er ein beinahe eben so
guter Reiter war als Duke Dugdale — ein großes
Vergnügen für Agathen, denn Frauen lieben es vor
allen Dingen, wenn ein Mann männlich ist. Ja,
einmal beim Hinabreiten eines so steilen Hügels, daß

ein Sonntagsreiter vor Angst den Kopf verloren
hätte, zeigte sich Nathanael's Klugheit und Muth in
so glänzendem Lichte, daß Agathe unwillkürlich an
den Tag dachte, wo er den kleinen James dem Bären
entriß — den ersten Tag, wo sie Zuneigung und
Achtung für ihn fühlen gelernt. Sie gab dies zu
verstehen und sagte, wie angenehm es sei, zu fühlen,
daß ihr Gatte ein Mann sei, dem sie sich anvertrauen
könne.

„Und wie albern und hülflos nehmen Stadt-
leute, feine Salonherren sich auf dem Lande aus!
Ich möchte wissen," sie konnte nicht umhin, den komi-
schen, obschon für den Bruder ihres Gatten nicht
sehr schmeichelhaften Gedanken auszusprechen, „ich
möchte wissen, wie Major Harper zu Pferde aussieht!"

„Was sagtest Du? Der Wind blies Deine
Worte hinweg," sagte Nathanael.

Sie scheuete sich, Das, was sie gesagt, genau
zu wiederholen, und sagte daher Etwas von Major
Harper und ob er wohl auch bald nach Dorset käme.

Nathanael gab seinem Pferde die Sporen und
sprengte weiter, ohne zu antworten. Eine Minute
darauf kehrte er zu seiner Gattin zurück und brachte
ihr einen großen Strauß Haidekraut, mit gelbem
Stechginster gemischt, und machte einige Scherze über
das in Dorsetshire oft zu hörende Sprüchwort: „Wenn

der Stechginster nicht mehr blüht, ist es mit dem
Küssen vorbei.“

Und dabei sah er fortwährend sie verstohlen an,
um zu beobachten, ob sie lachte und fröhlich wäre,
ob sie Rosen auf den Wangen trüge und ob Freude
aus ihren Augen strahlte. Und als er sah, daß dies
der Fall war, schien er zufrieden und ruhig zu sein.

Sie ritten mit den Dugdale's lustig in das
Städtchen Kingcombe hinein, zum nicht geringen
Erstaunen der Einwohner. Die vier Reiter an Marmaduke's Thür waren ein Schauspiel, welches die
würdigen Bewohner dieser schläfrigen Gasse eine
ganze Woche lang nicht vergessen konnten. Ueberall
an den Thüren und Fenstern sammelten sich Grup-
pen, und von der Marktecke her stierten einige Bauern
aus Leibeskräften. Die hervorgerufene Sensation
war enorm, und ebenso die Menschenmenge, die fast
ebenso dicht war wie die, welche ein Gaukler in der
ruhigen Straße einer Londoner Vorstadt um sich versammelt.

Agathe lachte, als sie hindurchritt, bis sie nicht
mehr lachen konnte.

Ihr Gatte, der sich über ihre Heiterkeit freute,
kam, um sie vom Pferde zu heben.

„Daraus wird Nichts!“ rief Mistreß Dugdale.
„Bleib' sitzen, Agathe! Wir haben keine Zeit zu ver-

lleren — sobald Duke seine Briefe geholt hat, geht es sogleich weiter. Komm' herauf, Brian."

Es hatten sich eine ganze Menge kleiner Dugdales um ihr Pferd versammelt.

„Heb' Brian zu mir herauf, Onkel Nathanael, ich will ihn einmal galoppiren lassen. — Bravo! Er ist der ächte Sohn seines Vaters, zum Reiter geboren. Komm' mit, Tante Agathe!"

Agathe wäre gern die Straße mit hinabgeritten. Die Kühnheit der Mutter und des Knaben machte ihr Vergnügen, noch mehr aber ihr eigener neuer Titel: „Tante Agathe."

„Ich bitte Dich, Nathanael, laß mich; ich will nicht erst absteigen," sagte sie.

„Aber ich habe Dir Etwas zu sagen," entgegnete er. „Blos einige Worte. Wir müssen uns heute in Bezug auf das Haus entscheiden, wie Du weißt."

„Ach, laß doch das Haus; ich möchte heute nicht daran denken," rief sie, und der Schatten ihres früher über diesen Punkt empfundenen Verdrusses schien über ihr Gesicht zu zucken. „Ach," setzte sie bittend hinzu, „sei gut gegen mich — laß mich heute noch einmal der Freude leben."

„Um Alles in der Welt möchte ich Dich nicht daran hindern," entgegnete er, indem er seufzend den

Zügel ihres Pferdes losließ und sich wieder zu seinem kleinen Neffen wendete.

Fred hatte dem Reitknechte das Pferd abgeschwatzt und Gus wollte sich durchaus darauf setzen. Es fand deßhalb ein furchtbarer Kampf zwischen den beiden Knaben statt, die laut nach Onkel Nathanael schrieen. Mitten in diesem Kampfe erschien der Gerufene wie ein Engel des Friedens, setzte die Knaben beide, einen hinter den andern, auf den Rücken des Pferdes und führte das Thier sorgfältig auf und ab.

Agathe sah ihnen nach und bedachte, wie freundlich und gut ihr Gatte war. Sie wünschte jetzt, seine einfache Bitte nicht so hastig abgeschlagen zu haben; sie begann zu glauben, sie sei eine Elende, wenn sie ihm jemals in irgend Etwas widerspräche.

Die kleine Gesellschaft brach wieder auf — vermehrt durch die Ankunft des Familienwagens von Kingcombe Holm, in welchem Mary und Eulalia saßen. Diesen wurden sofort noch die drei kleinen Dugdales beigegeben, welche sich nicht wenig darüber freuten. Und es sprach zu Gunsten der Misses Harper — welche Agathe bis jetzt von allen Verwandten ihres Gatten am wenigsten liebte — daß sie gegen diese lärmenden, ungeberdigen Knaben sehr nachsichtige und freundliche Tanten waren.

Agathe ritt über die Brücke, welche die Grenze der Südstraße bildete, und versuchte ihr Pferd an-zuhalten, während ihr Mr. Dugdale die rothe Klippe zeigte, wo die Dänen mit ihren Schiffen gelandet waren, und lachte mit Harriet über den Gedanken, wie fürchterlich die ruhigen Seelen in Kingcombe er-schrecken würden, wenn ihnen jetzt ein solcher Einfall drohete, als Nathanael zu Fuße auf seine Gattin zukam.

„Warum bist Du fortgeritten, ohne mit mir zu sprechen?"

„Ich konnte Nichts dafür; ich glaubte, Du wä-rest fort — nicht wahr, Du kommst bald nach?" sagte sie und war ärgerlich über sich selbst, daß sie ihn augenblicklich vergessen hatte.

„Ich komme, sobald ich die Angelegenheit wegen des Hauses in Ordnung gebracht habe. Du verstehst mich doch, Agathe? Ich muß mich heute entscheiden. Wirst Du mir auch später keine Vorwürfe machen?"

„O gewiß nicht," entgegnete sie, und der außer-ordentliche Ernst seines Benehmens bildete einen selt-samen Gegensatz zu ihrem jugendlichen heitern Muthe. Sie kümmerte sich nicht um Das, was er that, da-fern er sie nur diesen Tag heiter und fröhlich sein ließ. Aus einem unbegreiflichen Grunde schien sogar seine Liebe wie eine Wolke über ihr zu schweben, und dies war gleich von Anfang an der Fall gewesen. Sie sehnte sich sogar sehr, in den Sonnenschein ihres sorglosen Mädchenlebens hinauszusprengen und mit Harriet Dugdale über die schöne Ebene zu galoppiren.

„O gewiß nicht!" sagte sie noch einmal, denn ihr Wunsch war blos, ihn zufriedenzustellen. „Miethe welches Haus Du willst — komm' nur bald nach und laß uns fröhlich und guter Dinge sein."

„Ja, das wollen wir," entgegnete er.

Sein freundlicher Blick, als sie ihn auf die Schulter pochte — ein bedeutendes Wagstück von ihr — ermuthigte sie nicht wenig, und als sie, nachdem sie eine Strecke die Straße hinabgaloppirt war, sich umdrehete und ihn immer noch über die Brücke gelehnt ihr nachschauen sah, da klopfte ihr das Herz vor Freuden. Trotz aller seiner Zurückhaltung und Eigenthümlichkeiten und ihrer eigenen Mängel gab es doch Eins, woran sie sich klammerte, wie an eine Wurzel des Trostes, die ihr nie entrissen werden konnte und die sicherlich später noch einmal Blüthen und Früchte trug — an den Glauben, daß ihr Gatte sie wahrhaft liebe.

„Wenn dies geschieht," dachte sie, „so wird Alles noch mit der Zeit in's rechte Gleis kommen, und

Agathe Harper wird eben so glücklich oder noch glücklicher sein als Agathe Bowen."

So ritt sie weiter und überließ sich ihrer wonnigen Erregung. Eben so war es auch interessant für sie, die Umgegend zu sehen, die ihr so alt, einsam und sonderbar vorkam als wenn sie die Tochter eines Thane gewesen wäre, die über die Moorfelder nach dem Thore jenes merkwürdigen Schlosses ritte, welches, wie Harriet mit der Physiognomie eines Schulmädchens, das eine Lection aus der Geschichte herbetet, erklärte, als der Wohnsitz der alten sächsischen Könige berühmt war.

"Und dies war der Platz," fuhr sie in demselben Tone fort, indem sie auf einen alten Thorpfosten zeigte, "dies war der Platz, wo das berühmte Pferd Seiner Majestät stehen blieb, als Seiner Majestät geheiligter Körper bei dem Beine im Steigbügel gezogen ward, und zwar in Folge der Wunde, die ihm, als er an dem Schloßthore trank, seine Stiefmutter, die Königin Elfrida, beigebracht hatte. Alles Dies ist noch bis auf den heutigen Tag zu sehen."

Agathe lachte erst über diese komische Ansicht von der Sache, dann fühlte sie einigen Widerwillen, jene ernste Tragödie auf so leichtfertige Weise besprechen zu hören. Während sie langsam auf der Straße hinritt, welche dieselbe sächsische Heerstraße wie in

5*

jener Zeit gewesen sein konnte und wahrscheinlich auch war, dachte sie an den verwundeten Reiter, der zwischen diesen grünen Hügeln herausgesprengt kam, und an den Gemordeten, der langsam, langsam vom Sattel herabsank, im Staube geschleift und gegen Steine anschlagend, bis das Weib, welches ihn liebte — denn selbst ein König konnte ein Weib gehabt haben, welches ihn liebte — das Gesicht, welches sie einst so schön fand, nicht mehr wiedererkannt haben würde.

Es war bloße Phantasie, aber dennoch fühlte Agathe, wie ihr die Thränen in die Augen traten, besonders bei dem Gedanken, nicht an „den Märtyrer", sondern an das Weib — mochte sie gewesen sein wer sie wollte — (Agathe besaß nicht genug geschichtliche Bildung, um zu wissen, ob König Edward vermählt gewesen) — für welche das Trauerspiel dieses Tages das Trauerspiel ihres ganzen Lebens geworden sein mußte.

Sie begann zu schaudern — zu fühlen, daß auch sie ein Weib war — unklar zu begreifen, was die Liebe eines Weibes werden könne und auf welche Qualen und Schrecknisse ein Weib sich gefaßt zu machen habe.

Sie wünschte — es war sehr thörigt, aber sie wünschte wirklich, daß Nathanael nicht geritten

wäre, oder daß sie, wenn sie sich das todte auf der
Straße hinschleifende Haupt des Märtyrers malte,
es nicht immer mit langem blondem Haar sähe.

Und dann fragte sie sich, ob diese furchtbaren
Visionen das Aufdämmern jenes Gefühls bezeichne-
ten, von welchem sie irrthümlicher Weise geglaubt, sie
besäße es schon. Begann sie den Unterschied zu
finden zwischen jener ruhigen Erwiderung gesicherter
Zuneigung, jenem angenehmen Bewußtsein des Ge-
liebtwerdens, und der starken, alles Andere verdrän-
genden selbstständigen Anhänglichkeit, welche Anna
Valery beschrieb — der Leidenschaft, welche in der
ganzen weiten Welt nur einen Gegenstand, nur ein
Interesse, nur eine Freude hat? Begann sie wirklich ihren Gatten zu lieben?

Die Antwort auf diese Frage schloß so viel, sowohl von dem, was gewesen, als von dem, was
noch kommen sollte, in sich, daß Agathe nicht wagte,
darüber zu brüten.

„Agathe! Agathe!" rief man. Sie rüttelte
sich aus ihren Gedanken auf und eilte den Dugdales nach.

Harriet hatte sie nicht gerufen, um ihr das
Schloß zu zeigen, wovon sie so viel Redens gemacht,
sondern einen Ort, den sie augenscheinlich für weit
interessanter hielt.

„Siehst Du dort jenes weiße Haus, weit draußen unter den Bäumen? Dort ist mein Duke geboren. Er lebte dort in Frieden und Ruhe, bis er
mit Onkel Brian bekannt ward und nach Kingcombe
Holm kam und sich in mich verliebte."

„Wie machte er das? Es wäre mir interessant,
zu wissen, auf welche Art und Weise solche Dinge
in Dorset geschehen."

„Wie Duke sich in mich verliebte? das kann ich
Dir wirklich nicht sagen. Ich war ungefähr fünf-
zehn Jahre — noch ein pures Kind! Er gab mir
erst eine Puppe und dann verlangte er mich zu heirathen."

„Aber wie erklärte er denn seine Liebe? — wie
machte er seinen Antrag?" fragte Agathe hartnäckig
weiter, denn die Vorstellung von Marmaduke Dugdale in dieser Eigenschaft war für sie eine im höchsten Grade drollige.

„Wie er seine Liebe erklärte? Wie er seinen
Antrag machte? Ach, liebes Kind, er that keins von
beiden! Dennoch kam Alles auf ganz natürliche
Weise und wie von selbst. Wir gehörten einander an."

Gerade dieses Ausdrucks hatte auch Anna
Valery sich bedient! Agathe ward dadurch sehr
nachdenklich gemacht. Sie fragte sich im Stillen,

was das wohl für ein Gefühl sei, wenn die Leute „einander angehörten."

Sie hatte indessen keine Zeit zum langen Nach-denken, denn jetzt ward die große graue Ruine sicht-bar, und Alle, mit Einschluß der lärmenden Knaben in dem Wagen hinten, wollten die Rolle des Erklä-rers spielen, besonders als Agathe das beklagens-werthe Geständniß that, daß sie in ihrem ganzen Leben noch kein verfallenes Schloß gesehen habe.

„Und es ist auch in ganz England kein zweites wie dieses zu finden," sagte Mr. Dugdale, indem er mit vergnügtem Lächeln an Agathen heranritt. „Hier in unserer Gegend macht natürlich Niemand großes Aufhebens davon und nur wenige Alterthumsfreunde kommen hierher und schnüffeln darin herum. Viel-leicht ist es eben so gut. Sie könnten auch nicht mehr ausfindig machen als wir schon wissen. Doch nein!" — und sein Auge nahm, indem es auf der stattlichen alten von dem breiten Himmel überspann-ten Ruine ruhete, seinen eigenthümlichen träume-rischen Ausdruck an, „wir wissen Nichts — Niemand weiß Etwas von dieser wundervollen Welt." Agathe schauete sich um. Auf dem Gipfel eines glatten kegelförmigen Hügels, der auf beiden Seiten von zwei andern eben so glatten und kahlen Hügeln be-wacht ward, erhoben sich die Trümmer der pracht-

vollen Festung, von deren Mauern noch genug übrig
war, um von dem Umfange und Grundrisse einen
Begriff zu geben. Ihre Zerstörer waren — nicht die
Zeit, die ihr Werk ruhig und mild verrichtet —
sondern jener schlimmere Vernichter, der Mensch, gewesen.

Ungeheure Massen Mauerwerk lagen von der
Höhe herab geschleudert unten in dem Graben so
fest als ob sie schon seit Jahrhunderten hier lägen,
von wilden Pflanzen überwuchert.

Einige der Mauern bildeten, unterminirt und
aus ihren Grundvesten gerissen, sonderbare schräge
Winkel, wollten aber doch nicht fallen. Spuren
von Geschützkugeln zeigten sich an dem Steinwerk
des zertrümmerten Thorwegs, der immer noch ein
Thorweg war — höchstwahrscheinlich derselbe, unter
welchem Königin Elfrida „schön und falsch" ihrem
Sohne den Steigbügeltrunk gereicht hatte.

Der allgemeine Eindruck, der hierdurch auf das
Gemüth gemacht ward, war nicht der eines ernsten,
heiligen, natürlichen Verfalls, sondern plötzlicher Zer-
störung, die unversehens gekommen und bekämpft
worden war, wie ein Mann in der Blüthe des Lebens
mit dem Tode kämpft.

Es lag etwas sehr Wehmüthiges in der ver-
fallenen Festung, die hier auf der Höhe des Berges

ſtand, in Sicht der kleinen Stadt dicht unten, wo ihr Verfall keinerlei Beachtung fand.

Agathe, die empfindlich, ſchwärmeriſch und für Eindrücke leicht empfänglich war, ward ſchweigſam und wunderte ſich, daß ihre Begleiter ſo ſorglos warten konnten, ſelbſt als ſie unter dem grauen Portale in die innern Räume des verlaſſenen Schloſſes hineinritten.

„Wir werden keine Seele darin finden," ſagte Harriet. „Es kommt zu dieſer Jahreszeit faſt gar Niemand hierher, ausgenommen wenn unſer Club in Kingcombe hier einen Picknick veranſtaltet oder einige Schulknaben ſich zuſammenrotten und an dem Epheu hinaufklettern, um die Dohlen zu ſchrecken — mein Mann hat das vielmals gethan — nicht wahr, Duke?"

„Ja wohl, verſteht ſich," antwortete Duke zer-ſtreu't, denn er war eben beſchäftigt, mit einer väter-lichen Sorgfalt und Zärtlichkeit, welche ſchön zu ſehen war, ſeine Knaben aus dem Wagen zu heben.

Dann ſchritt er, den einen kleinen Burſchen auf der Schulter tragend, während er einen zweiten an der Hand führte und ein dritter ſich an ſeine Rock-ſchöße klammerte, den grünen Abhang hinauf, ohne Agathen die mindeſte Aufmerkſamkeit zu ſchen-ken, und ohne daß es der jungen Frau eingefallen

wäre, diesen Verstoß gegen die Gebote der Höflichkeit
auch nur im Entferntesten zu beachten oder zu tadeln.

„Da sehet! Um mich kümmert sich Niemand
— Alles dreh't sich um Papa," sagte Mistreß Dug-
dale mit verstelltem Zorne, ein sehr erbärmlicher
Versuch, denn ihre Augen verriethen nur Glück und
Liebe. „Da siehst Du, Agathe, was Dir bevorsteht,
wenn Du zehn Jahre verheirathet sein wirst."

Agathens Herz war so voll — sie konnte nicht
lachen, sondern seufzte, und doch geschah es nicht,
weil sie sich unglücklich gefühlt hätte.

Sie durchwanderte das Schloß mit Harriet,
denn die beiden Misses Harper waren keine Freun-
dinnen vom Bergsteigen. Die Knaben und Papa
erschienen dann und wann an allen Orten von
unwahrscheinlichen und furchtbar gefährlichen Ecken,
und von Zeit zu Zeit schoß Mistreß Dugdale wie
außer sich auf sie los — besonders als man sie alle
auf einer der höchsten Mauern stehen sah, wo der
Vater einen praktisch wissenschaftlichen Vortrag über
die Bewegung der fallenden Körper hielt, während
Harriet erklärte, daß er ganz gewiß zur Veranschau-
lichung seiner Theorie in einer Anwandlung von
Geistesabwesenheit den kleinen Brian, in der Meinung, das Kind sei ein Stein, aus seinen Armen
schleudern würde.

Endlich als die Aufregung sich einigermaßen gelegt und selbst Mistreß Dugdale's Lebhaftigkeit in Folge einer Anwandlung von Schläfrigkeit und Mürrischkeit von Seiten Brian's einen Ruhepunkt gefunden hatte, schweifte Agathe noch einmal allein in dem alten Schlosse umher, kroch mit kindischem Vergnügen in allerlei Winkel und Gänge, und erstieg fast unersteigliche Mauern, um den höchsten Aussichts-punkt zu finden.

Sie empfand stets großes Vergnügen am Klet-tern, denn es gereichte ihr zur Befriedigung, sich überall und in allen Dingen zu oberst zu fühlen.

Es war dabei ein seltsamer Nachmittag — grau, mild und warm. Die Sonne war schon lange untergegangen und hatte eine bewölkte, düstere, weiche Atmosphäre zurückgelassen, den Schatten eines dahinschwindenden Tages, welcher Schatten aber nichtsdestoweniger keinen Regen verkündet, sondern oft einen schönen Tag für morgen.

Agathe wußte selbst nicht wie es kam, aber sie ward dadurch veranlaßt, an Mistreß Valery zu den-ken, und fühlte sich nicht im Mindesten überrascht, als plötzlich — wie aus den Wolken gefallen, — Anna herannahete.

„Erlaube mir, Dir heraufzuhelfen! Wie freundlich, daß Du kommst — wie ermüdet scheinst Du zu sein!" sagte Agathe.

„O nein, ich werde binnen wenigen Minuten hinreichend wieder ausgeruh't haben. Natürlich so jung wie Du, liebe Freundin, bin ich nicht mehr," antwortete Anna.

Sie stieg herauf und lehnte sich an die von Epheu umrankte Mauer, welche Agathe erklettert hatte und die sich auf der entgegengesetzten Seite des Berges, dem Rasenplatze gegenüber befand, welcher der kleinen Gesellschaft zum Sammelplatze diente. Es war ein vollkommen einsamer, verlassener Winkel, und Nichts von demselben aus sichtbar als die sich weit hinstreckende Ebene, deren äußerste Grenze die Meeresküste bildete, obschon man das Meer selbst nicht sehen konnte.

„Warum bist Du so hoch heraufgeklettert?" fragte Agathe, indem sie, ihre Freundin mit innigem Blicke betrachtend, mehr als je den Unterschied der Jahre wahrnahm und sich versucht fühlte, ihre starken jungen Arme um Miß Valery's Leib zu schlingen und sie mit der Sorgfalt einer Tochter zu stützen.

„Ich werde mich sofort wieder erholt haben," wiederholte Anna in heiterem Tone. „Ich bin seit vielen Jahren nicht hier heraufgestiegen. Ich empfand aber einen unwiderstehlichen Drang, es noch einmal zu thun."

Sie setzte sich auf einen flachen Stein, der auf zwei andern ruhete.

„Welch' ein bequemer Sitz!" rief Agathe. „Er sieht aus, als wäre er für Dich gemacht."

„Das ist er auch — vor schon langer Zeit — Niemand hat sich seitdem daran vergriffen. Komm', liebes Kind."

Sie zog Agathen neben sich nieder. Es war gerade Platz für zwei Personen, und sie saßen schweigend da und betrachteten die Aussicht, ausgenommen, daß Agathe ihre Augen zuweilen etwas unruhig umherschweifen ließ. Es war eine gleichsam magische Antwort auf ihre Gedanken, als Anna bemerkte:

„Ich begegnete Deinem Gatten, als ich durch das Städtchen fuhr. Er trug mir auf, Dir zu sagen, er sei ein wenig aufgehalten worden, werde aber bald hier sein. Wie rücksichtsvoll und gut er ist!"

Agathe sagte „Ja" — ein bloßes „Ja," ruhig und leise.

Miß Valery machte weiter keine Bemerkung, sondern saß lange da und betrachtete in Gedanken versunken die tief unten liegende Fläche, welche allmählig eine graue Farbe annahm, die der des Meeres glich.

„Ist dies das Meer?" fragte Agathe.

„Nein, dieses liegt da drüben hinter dem Ge= birge — dort, wo der Rauch von brennendem Heide= kraute aufsteigt. Von diesem Punkte aus, glaube ich, könnte man die Küste beinahe bis nach Wey= mouth verfolgen. Erinnerst Du Dich, jemals Wey= mouth gesehen zu haben?"

„Nein, wie könnte ich mich dessen erinnern?" entgegnete Agathe, überrascht durch die Plötzlichkeit der Frage und die Form derselben. „Ich bin ja noch nie zuvor in Dorsetshire gewesen."

Anna sagte — entweder im Schmerz oder im Ernst — man bilde sich oft ein, gewisse Oertlichkei= ten während einer früheren Existenz gesehen zu haben, und brachte dann das Gespräch auf etwas Anderes, indem sie sich der Aussicht zuwendete, welche die andere Seite darbot.

„Mein Haus, Thornhurst," sagte sie, „liegt in dieser Richtung. Du mußt mich recht bald besuchen, dann wollen wir angenehmer mit einander plaudern als es mir heute möglich ist. Es kommt mir ganz sonderbar vor, mit einer Mistreß Locke hier zu sitzen."

„Warum? warum nennst Du mich so oft bei diesem Namen?"

„Es ist blos so eine Grille von mir; aber ist denn dieser Name nicht ein guter, ein schöner? Ach

Kind, Du armes Kind! Wenn ich bedenke, daß Du Mistreß Locke Harper geworden bist!"

Es lag ein gewisses Pathos, eine Art zärtlicher Rückblick in Anna Valery's Wesen, indem sie die braunen Locken berührte und den netten Anzug glatt strich, welcher — der Reithut war abgelegt und das Kleid aufgeschürzt — Nathanael's Gattin zu einem hübschen Gebirgsmädchen machte.

Agathe konnte niemals die eigenthümliche Zärtlichkeit begreifen, womit Miß Valery sie zuweilen betrachtete, besonders heute. Sie schien fortwährend im Begriffe zu stehen, Etwas zu sagen, was sie gleichwohl niemals sagte.

Endlich erhob sie sich von dem Steinsitze.

"Wir wollen ein ander Mal plaudern. Jetzt müssen wir gehen," sagte sie, und zögerte gleichwohl. "Laß uns nur noch einen Augenblick gerade hier auf diesem Punkte stehen bleiben und die Aussicht betrachten."

Sie schauete — ihre Augen schweiften den ganzen Horizont entlang, so wie man zum letzten Male eine lange vertraute Naturschönheit in vollen Zügen schlürft.

"Mein Kind!" flüsterte sie in seltsam sanft ja fast feierlichem Tone.

"Du wirst nicht vergessen," setzte sie f

hinzu, „daß ich es war, die Dich zuerst hierher führte. Du wirst zuweilen hierher zurückkehren, nicht wahr?"

„O sehr oft! Es ist ein herrlicher Ort."

„Das dachte ich auch, als ich in Deinem Alter war. Und Du wirst die steinerne Bank nicht vergessen, Agathe? Ich hoffe, daß Niemand sich daran vergreifen werde. Leb' wohl, du armer alter Stein!"

Dies leise flüsternd, bückte sie sich und streichelte ihn mit der Hand — der magern weißen Hand, die einst vielleicht so rund, schön und jung gewesen war.

Agathe würde dieses naive, ja fast kindische Thun belächelt haben, wenn Miß Valery's ganzes Wesen nicht von Etwas durchdrungen gewesen wäre, was selbst ihren Naivetäten eine gewisse Würde verlieh. Indem sie daher blos die Worte „Leb' wohl, alter Stein!" wiederholte, folgte sie Anna den Abhang hinab.

Nach einem laut klagenden Abschiede, besonders von den kleinen Dugdales, stieg Miß Valery in ihren kleinen Wagen und fuhr hinweg, in die sich herabsenkende Dunkelheit hinein. Agathe wußte nicht wohin.

„Wie gut sie ist! Ich wollte, wir wären Alle sie," sagte sie nachdenklich.

„Das, mein liebes Kind," antwortete Harriet, Niemand sein, ganz besonders Niemand, der einen Mann und vier Kinder hat. Es ist eine Wohlthat für die Gesellschaft im Allgemeinen, daß Anna Valery niemals geheirathet hat."

„Manche Leute heirathen aber erst spät im Leben. Das ist vielleicht auch bei ihr der Fall. Glaubst Du es?"

„Ich weiß es nicht! Ich kann es nicht sagen! Die Sache ist eine sehr geheimnißvolle!" rief Harriet. „Mein Bruder Fred gab einmal zu verstehen — und Fred war ein sehr liebenswürdiger junger Mann, als ich ein Kind war — doch das Alles gehört dem Jahre Eins an. Ich halte den Mund."

Agathe war zu zartfühlend, um weitere Fragen zu stellen. Dennoch aber erschien es ihr sehr seltsam, daß man allgemein eine frühere Zuneigung Anna's zu dem Major Harper anzunehmen schien, ganz im Gegensaße zu der bedauernden Hindeutung des alten Squire, daß sie seinen ältesten Sohn ausgeschlagen.

Es konnte aber Nichts nützen, nach diesen romanhaften Bruchstücken zu forschen, die einer schon so fernen Vergangenheit angehörten.

„Eine ganz vortreffliche Person ist Anna Valery," fuhr Harriet fort, „eine ganz vortreffliche Person; für ihre Freunde aber, welche Familie haben, zuweilen etwas störend. Mein Duke vergißt oft, daß er vier Kinder zu versorgen hat, wenn er ihren

Wohlthätigkeitsplänen Gehör schenkt. Nur erst kürzlich war er sowohl wie sie ganz toll wegen einiger hungernder Grubenarbeiter in Cornwall, zu welchen sie den armen Mr. Wilson geschickt hatte, um nähere Erkundigungen einziehen zu lassen."

„Ach, ich entsinne mich," rief Agathe, indem sie sich jetzt für Dinge interessirte, welche sie früher nur mit Gleichgültigkeit angehört. Sie dürstete nach einer Gelegenheit, Gutes zu thun — die lange Vergeudung müssiger Jahre und unangewendeten Reichthums wieder gut zu machen. „Erzähle mir doch mehr von diesen Bergleuten."

„Es giebt nicht viel zu erzählen, liebes Kind. Es handelt sich blos um philanthropische Ideen zur Unterstützung armer Unglücklicher, welche dadurch, daß einige betrügerische Speculanten die Grubenarbeiten einstellen ließen, außer Arbeit kamen. Anna schickte Wilson hin, um zu erfahren, wer diese Speculanten gewesen seien und was sich thun ließe. Später habe ich Nichts weiter davon gehört und mein Mann auch nicht. — Bleib' da, bleib' da! — laufe nicht zu ihm hin, um ihn auszufragen! Ich bitte Dich um's Himmels willen, rühre diesen Unsinn nicht abermals in seinem armen Kopfe auf!"

Auf diese Weise abgewiesen, enthielt sich Agathe, noch weitere Fragen zu thun, nahm sich aber im

Stillen vor, die Geschichte von den armen Kohlen-
werkarbeitern noch zu erfahren und sich mit ihrem
Gatten zu berathen, wie ihnen wohl zu helfen sei.

Gegen eine so gute That konnte er Nichts einzuwenden haben — sie sollte so heimlich geübt werden wie er es nur wünschte — sie wollte Sorge
tragen, nicht einmal gegen irgend Jemanden Etwas
davon zu erwähnen, wie in der Subscriptionsange-
legenheit. Und gewiß, obschon Nathanael ein
Sonderling war und seine eigenthümlichen Ansichten
hatte, so war er doch von Herzen edel und würde
ihr in nichts Wesentlichem entgegengewesen sein,
besonders wenn sie weiter Nichts wünschte, als in
Anna Valery's Fußstapfen zu treten und von ihrem
großen Vermögen einen würdigen Gebrauch zu machen.

Während diese Gedanken ihr Gemüth erhoben
und erheiterten, saß sie da und wartete auf ihren
Gatten, bis er kam.

Sie freute sich so sehr, ihn zu sehen, daß sie
ganz vergaß, ihn wegen des Hauses zu befragen.
Er schien anfangs ihre Frage zu erwarten und ziemlich ernst zu sein, überließ sich aber endlich auch der
allgemeinen heiteren Stimmung.

Nur einmal, als sie neben einander heimwärts
ritten, mit dem schwindenden Sonnenuntergange
noch vor sich, während der tiefstehende Mond sich

6*

hinter dem hohen schwarzen Corse barg, sagte Nathanael plötzlich:

„Liebe Agathe, vielleicht wünschest Du von mir zu hören —"

„Nein, nein!" rief sie mit raschem Instincte des Widerstrebens. „Heute sage mir Nichts. Laß uns wenigstens diesen einen Tag glücklich sein."

Nathanael seufzte und schwieg.

Drittes Kapitel.

———

„Agathe, willst Du einen Spaziergang mit mir machen?" fragte Nathanael am nächstfolgenden Tage.

„Siehst Du denn nicht, daß es regnet?" entgegnete sie.

Er hatte es wirklich nicht gesehen, obschon er seit Beendung des Frühstücks ununterbrochen in Gedanken versunken am Fenster gestanden hatte.

Was Agathen betraf, so war sie von ihrem Ausfluge am vorigen Tage so müde gewesen, daß sie gar Nichts weiter gethan als geschlafen, und mit ihrem Gatten oder sonst Jemandem kaum ein Wort gesprochen hatte.

Jetzt, an diesem regnerigen Tage, fühlte sie die Reaction ihrer aufgeregten Stimmung von gestern. Sie war abgespannt und träumerisch, und wünschte, daß ihr Gatte zu ihr kommen, mit ihr plaudern und sie hätscheln möchte wie ein kleines Kind. Sie konnte nicht begreifen, warum er an diesem verhaßten Fenster stand, die Regentropfen zu zählen schien, und dann den unerklärlichen Vorschlag that, einen Spaziergang zu machen.

„Es regnet!" sagte er, und blickte zu dem umwölkten Himmel auf. „Wie hat' es sich seit gestern Abend geändert!"

„Ich wußte nicht, daß Du den Einflüssen der Elemente so unterworfen wärest," bemerkte Agathe.

„Das sind wir Alle, mehr oder weniger; ich dachte aber gerade jetzt an andere Dinge als an die, wovon ich sprach. Mein liebes Weib, ich habe sehr viel mit Dir zu sprechen. Wohin sollen wir gehen, damit wir nicht gestört werden?"

„Wohin es Dir beliebt," sagte sie, indem sie sich in ihr Schicksal fügte und auf einen langen Vortrag gefaßt machte, der, wie sie glaubte, das neue Haus betraf. Sie wußte es nicht mehr genau, aber es war ihr, als hätte Nathanael sich vorgenommen, die Sache bald abzumachen, und als würde sie deßhalb einen hitzigen Kampf zu bestehen haben zwischen dem schönen Hause, welches sie gern haben wollte, und Mr. Wilson's kleinem Häuschen, welchem ihr Gatte auf so unerklärliche Weise den Vorzug gab. Dies war eine Sache, in welcher sie entschlossen war,

nicht nachzugeben, mochte es kommen wie es wollte.
Deßhalb ward das „Wohin es Dir beliebt" in etwas
unfreundlichem Tone gesprochen.

Nathanael schien sich aber vorgenommen zu
haben, es nicht zu bemerken.

„Wie wäre es, wenn wir in das Gewächshaus
gingen? Du hast es ohnehin noch nicht gesehen.
Hülle Dich aber in etwas Warmes."

Er warf ihr Mary's carmoisinrothen Garten-
shawl über den Kopf — auf etwas ziemlich tölpische
Weise, denn er war kein „Frauendiener." Sein
ganzer Charakter und seine Lebensgewohnheiten bildeten einen seltsamen Gegensatz zu der außerordent-
lichen Zartheit, welche die Natur seiner äußern Er-
scheinung aufgeprägt hatte.

Er blieb stehen, hielt seine junge Gattin mit
ausgestrecktem Arme von sich ab und betrachtete sie
mit bewunderndem Blicke.

„Ist's so recht? Du sieh'st wirklich wie eine
Zigeunerin mit Deinem rothen S   und braunen
Gesichte."

„Dem Pawnee-Gesichte, willst Du sagen. Weißt
Du noch, wie Du mich einmal so nanntest, und wie
Dein Bruder —"

„Komm', laß uns gehen," sagte er, sie unter-
brechend, und führte sie schnell durch die Salons.

Agathe fühlte sich beinahe verletzt, daß seine Miene sich so schnell umwölkte und er auf diese Weise die Erinnerung an ihren Brautstand unterdrückte, die jedem glücklichen Weibe so theuer ist, und welche selbst ihr allmählig immer theurer ward.

Als sie in das Gewächshaus traten, erfüllte das hier herrschende Dunkel sie mit einem unbehaglichen Gefühl des Fröstelns.

„Wie groß und kahl dieser Raum doch ist! Selbst die Weinstöcke sehen vereinsamt aus — und wo hat man denn die Blumen alle hingethan? Es ist eine wahre Schande, daß man sie beseitigt und den Raum in ein Billardzimmer verwandelt hat.“

„Es geschah schon vor vielen Jahren — meinem Bruder zu gefallen —“ (Agathe erschrak förmlich über den harten Ton, in welchem das Wort „Bruder“ ausgesprochen ward — so sehr kann der Sinn der Worte durch den Ton geändert werden) — „und mein Vater wollte, daß es so bleibe.“

„Du mußt Deinen Bruder sehr lieb gehabt haben,“ sagte Agathe, indem sie mit dem natürlichen weiblichen Hange, für den Beleidigten Partei zu ergreifen, an Major Harper — an seine heitere Laune und Gutmüthigkeit dachte. Sie fragte sich, warum Nathanael bei seinem gezwungenen und seltenen Er-

wähnen des Namens seines Bruders so starr und
kalt sei.

Während sie so nachdachte, gewannen ihre
Augen in ihren Tiefen einen ernsten Schatten.

„Woran denkst Du, Agathe?"

Die Plötzlichkeit dieser Frage — das Bewußtsein, daß sie Nathanael verletzen könne, wenn sie
dieselbe beantwortete, bewog sie, zu zögern und leb-
haft, ja sogar schmerzlich zu erröthen.

„Nein, sage mir's nicht. Ich will Nichts hören,
Nichts, Agathe! Ich habe Dir dies schon früher
gesagt. Fürchte Dich also nicht."

„Wie sonderbar Du bist. Wovor sollte ich mich
denn fürchten?"

„Vor Nichts; vergiß, daß ich irgend Etwas gesagt habe. Du bist jetzt mein Weib — mein —
mein!"

Und einen Augenblick lang drückte er ihr fest
die Hand.

„Mit der Zeit —" und ließ wehmüthig
lächelnd ihre Hand los, „mit der Zeit, Agathe, hoffe
ich, werden wir uns an einander gewöhnen, und
vielleicht sogar ein zufriedenes, gesetztes Ehepaar
werden."

„Glaubst Du?" fragte sie.

Ach, weit mehr als dies war ihr Gedanke gewesen — der Gedanke, welcher in ihr aufgedämmert war, als sie schaudernd über die Geschichte des Königs Edward des Märtyrers und des Weibes, welches ihn liebte, nachgedacht. Es war die täglich steigende unklare Hoffnung auf ein nicht gänzlich verlorenes Paradies, obschon sie so rasch und blindlings geheirathet, eine Hoffnung, daß dies vielleicht blos die Gruftbestattung ihres thörigten mädchenhaften Liebestraumes gewesen, welcher nothwendig sterben mußte, um wieder in anderer Gestalt und zu einem neuen Leben erweckt zu werden.

Mit etwas schwerem Herzen setzte Agathe sich auf eine hohe Bank, von welcher man auf das verfallene, abgenutzte Billard sehen konnte, horchte auf den Regen, der auf dem Glasdach über den Weinblättern trommelte, und fragte sich, wie alt wohl die zersetzt aussehenden blüthen- und fruchtlosen Orangenbäume waren, die zu beiden Seiten aufgestellt standen, die einzigen noch zurückgebliebenen Spuren von ... ation ausmachten. Für Blumen interessirte sich in Kingcombe Holm augenscheinlich Niemand sonderlich.

„Ich glaube, es wird besser sein, wenn wir diesen ungemüthlichen Ort wieder verlassen," sagte Nathanael. „Er scheint Dir nicht zu gefallen, Agathe."

„O ja, er gefällt mir ganz gut. Ich liebe es,

wenn so der Regen fällt und die Ranken der Weinstöcke sich so ängstlich an die Glasscheiben anschmie-
gen. Ihre Früchte werden niemals zur Reife ge-
deihen. — Sie sehnen sich nach Sonne, aber diese
scheint einmal nicht."

„Agathe, was willst Du damit sagen?"

„Ich weiß selbst nicht recht, was ich damit sagen
will. Doch laß das gut sein. Sprich mit mir von
dem, was Du mir offenbaren wolltest und weßhalb
Du mich hierher führtest. Mach' aber schnell —
mein Vorrath an Geduld ist nicht groß, das weißt
Du von jeher."

„Lache nicht, denn ich bin ernst. Ich wünschte
mit Dir wegen unseres neuen Hauses zu sprechen."

„Wegen unseres neuen Hauses! Ich bin sehr
neugierig, zu hören, wo es steht, und was es für
eins ist."

„Weißt Du das nicht mehr?"

„Nein; die beiden, die wir in Augenschein nahmen, paßten nicht für uns," sagte Agathe entschlossen.

Sie errieth was kommen würde — daß die Discussion wegen Wilson's Haus, auf welches Nathanael einmal erpicht zu sein schien, wieder beginnen
sollte. Aber dazu wollte sie ihre Einwilligung niemals geben — niemals! —

„Das Haus, welches mir gefiel, gefiel Dir nicht," fuhr sie fort, als sie bemerkte, daß ihr Gatte schwieg. „Ueber das andere will ich weiter gar kein Wort verlieren."

„Aber gesetzt, wir hätten keine andere Wahl, da wir uns unverweilt einrichten müssen."

„Dies ist das erste Mal, daß Du Dich herab- lässest, mich von dieser Nothwendigkeit zu unter- richten."

„Wenn," fuhr er fort, ohne auf ihre spitzen Worte zu achten, und in dem sanften Tone eines Menschen sprechend, welcher selbst zehnfach den Schmerz fühlt, den er gezwungen ist, Andern zu be- reiten, „wenn, wie ich Dir gestern sagte, wir unsere Pläne unverweilt entwerfen müssen und Kingcombe ein so kleiner Ort ist, daß uns gegenwärtig keine andere Wahl freisteht, als diese beiden Häuser?"

„Baue doch eins! Wir sind reich genug dazu," rief Agathe.

„Nicht ganz," entgegnete er, und seine Augen hefteten sich, wie mit dem Bewußtsein der Schuld, auf den Boden.

Nach einer Pause rief er heftig:

„Agathe, ein Geheimniß auf dem Herzen haben, ist für den Bewahrer desselben zehn Mal qualvoller

als für jeden andern Menschen. Habe Mitleid mit
mir, habe Geduld mit mir, nur auf kurze Zeit."

„Was sprichst Du da? Was hast Du denn gethan?"

„Nichts," sagte er, „Nichts, was Deinen Frieden
stören könnte, liebe Agathe. Glaube mir, ich habe
kein größeres Verbrechen begangen als —"

„Nun!"

„Als daß ich Wilson's Haus gemiethet habe."

Er versuchte sie durch sein Lächeln zu bewegen,
die Sache als etwas leicht zu Ertragendes hinzuneh-
men — vielleicht weil es für ihn etwas so leicht zu
Ertragendes war.

Agathe aber gerieth in den größten Zorn.

„Du hast es also wirklich gemiethet — dieses
elende, erbärmliche Haus, welches mir so zuwider ist
— Du hast es heimlich gemiethet, ohne mein Vor-
wissen, ohne meine Zustimmung?"

„Da irrst Du Dich. Ich sagte Dir gestern,
daß wir uns entscheiden müßten — Du wolltest
Dich nicht mit mir berathschlagen, und endlich —
weißt Du es noch — stelltest Du die Entscheidung
mir anheim. Ich glaubte blos Deinen eigenen
Worten, und da ich die Nothwendigkeit, denselben
gemäß zu handeln, kannte, so that ich es. Ich
glaube nicht, daß ich daran Unrecht gethan habe."

„O nein, ganz bestimmt nicht," rief Agathe mit
bitterem Gelächter. „Es war ganz wie man es von
Dir gewohnt ist — wenn es gilt, mir meine wenigen Freuden zu rauben, bist Du schweigsam und
geheimnißvoll — dagegen sehr freimüthig und offen,
wenn Du herrschen kannst. Gegen mich bist Du
niemals ehrlich oder aufrichtig, als wenn es gilt,
mich zu strafen. In der That ein freundlicher, edelgesinnter Gatte!"

Diese und noch einen ganzen Strom bittere
Worte ergoß sie über ihn. Noch nie als bis jetzt
hatte sie die Leidenschaft, die bittere, verletzende Ironie
gekannt, welche in ihrem Wesen lag. — Sie empfand
eine Sehnsucht, zu hassen, einen Wunsch, zu verletzen. Jedes Mal wenn sie ihren Gatten ansah,
schien ein Dämon in ihr zu erwachen — jener Dämon, welcher so seltsam in den verschlossensten und
zärtlichsten Tiefen des Herzens lauert.

„Nun, kannst Du nicht sprechen!" rief sie, auf
ihn zugehend. „Alles Andere ist besser als dieses
verhaßte Schweigen. Sprich!"

„Agathe!"

„Nein — ich mag Dich nicht hören. Siehe,
was Du gethan hast — was Du aus mir gemacht!"
— und sie schluchzte beinahe; „noch nie in meinem
Leben bin ich so in Aufregung und Zorn gerathen!"

„Aber ist denn die Schuld mein?" sagte er wehmüthig.

„Ja, sie ist Dein. Du stachelst alle diese schlimmen Gefühle in mir auf. Ich war ein gutes Mädchen, ein glückliches Mädchen, ehe Du mich heirathetest."

„War dem wirklich so? — Dann will ich Dir keinen Vorwurf machen. Armes Kind — armes Kind!"

Seine unaussprechliche Trauer, seine gänzliche Niedergeschlagenheit schnitt ihr in's Herz, und brachte sie für den Augenblick zum Schweigen. Es dauerte jedoch nicht lange, so brach sie wieder los:

„Du nennst mich ein Kind — den Jahren nach bin ich auch vielleicht eins, aber das hättest Du Dir früher überlegen sollen. Du hast mich geheirathet und mich zu einer Frau gemacht. Du hast mir mein heiteres kindisches Herz genommen, und dennoch begegnest Du mir in Allem, was mich demüthigen kann, noch wie einem Kinde."

„Thue ich das?" antwortete er mechanisch aus Gedanken heraus, die tief unter der Oberfläche der bittern Worte lagen, welche sein Weib sprach. Ihre letzten erweckten in ihm nicht einen einzigen Strahl von Unmuth, nicht einmal als sie endlich außer sich vor Zorn ihm die Hand vor den Augen hinwegzog

und ihn aufforderte, sie anzusehen — „wenn er es
wage."

„Ja, ich wage es," entgegnete er, und der Blick,
den sie herausgefordert, erhob sich ruhig und bekümmert wie der eines Menschen, welcher von einem ge-
scheiterten Schiffe seine Augen hoffnungslos, aber
dennoch gläubig und vertrauend zum Himmel empor-
richtet. „Was auch gewesen sein und was auch kommen mag, so weiß Gott, daß ich vom ersten Augenblicke an Dich wirklich liebte, Agathe."

Warum bediente er sich des Wortes „liebte"?
Warum konnte sie den ungewohnten Schmerz, die
neue Sehnsucht nicht unterdrücken? Oder vielmehr,
warum konnte sie sich nicht in seine Arme werfen
und ausrufen:

„Liebst Du mich — liebst Du mich auch jetzt
noch?" Der Stolz — nur der Stolz — war es,
das unruhige, ungestüme Wesen, welches durch seine
Zurückhaltung berührt ward wie Feuer von Wasser,
ohne den versöhnenden Geist selbstbewußter Liebe,
der oft zwei-entgegengesetzte Temperamente endlich
zur engsten und unverbrüchlichsten Harmonie führt.

Nichtsdestoweniger war sie etwas beschwichtigt
und begann die Masse eingebildeter-Kränkungen in
die einzige kleine Kränkung zusammenzudrücken, welche
zu diesem ganzen Auftritte Anlaß gegeben.

„Was hat Dich aber nur bewogen, Gefallen an diesem erbärmlichen Hause zu finden?" hob sie wieder an. „Kleine Zimmer sind mir zuwider — ich kann darin nicht athmen — ich bin niemals an ein kleines Haus gewöhnt gewesen. Warum soll ich es jetzt? Ich will durchaus nicht übertriebene Ansprüche machen — an einem so armseligen Ort wie Kingcombe könnte man das ohnehin gar nicht. Da Du nun durchaus darauf bestehst, daß wir uns hier niederlassen und Deinem grausamen Unabhängigkeitsstolze genügt werde —"

„Grausam nennst Du mich? — o, Agathe!" rief er und stöhnte förmlich.

„Ich mache, wie gesagt, keine übertriebenen Ansprüche, aber ich wünsche Bequemlichkeit, und vielleicht ein wenig Eleganz — wie ich mein ganzes Leben gehabt."

„Die sollst Du auch jetzt noch haben, Agathe," murmelte Nathanael. „Und wenn ich mein Herzblut zu Gold münzen müßte, so sollst Du sie haben."

„Was das wieder für grausame Reden sind! Oder — wie unrecht, wie unrecht hab' ich! Was kann nur der Grund sein, daß wir einander so quälen?"

„Das Schicksal ist Schuld daran!" rief er, indem er mit wildem Schritt auf und ab ging. „Das

Schicksal, welches uns Beide an unser Elend gefesselt hat — ja noch schlimmer, welches uns zwingt, Eins das Andere elend zu machen. Und doch, wie konnte ich es wissen! Du schienst ein junges einfaches Mädchen zu sein, dessen Liebe durch Nichts behindert würde — ich war überzeugt, daß ich Deine Liebe erringen könnte. Armer Thor, der ich war! O, warum habe ich Dich jemals gesehen, Agathe Bowen!"

Er ergriff die Zitternde, riß sie auf sein Knie und küßte sie wiederholt — wahnsinnig — gerade wie er am Morgen ihres Hochzeitstages gethan und seitdem nie wieder. Dann ließ er sie gehen — fast mit Kälte.

„Geh'," sagte er, „ich will Dich nicht quälen. Ich darf nicht wieder thörigt sein."

Thörigt! Er hielt es also für thörigt, zu zeigen, daß er sie liebte.

Ohne zu antworten, setzte Agathe sich auf die Bank, zu welcher ihr Gatte sie geführt. Er konnte sagen, was er wollte — sie war jetzt sehr geduldig.

Er begann die Gründe auseinander zu setzen, welche ihn bewogen, das Haus zu miethen; daß er ganz natürlich mehr Weltkenntniß besäße als sie; daß es, möchte ihr Einkommen so groß oder so klein sein als es wolle, für junge Leute stets räthlich sei, bei Gründung ihres Hauswesens mit Klugheit zu

Werke zu gehen, denn es sei leicht, einen kleinen
Anfang zu erweitern, während von allen äußeren
häuslichen Schrecknissen keins größer sei als das
Schreckniß, in Schulden zu gerathen. Während er
so gleichzeitig mit Weisheit und Sanftmuth sprach,
begann Agathe ihm zu verzeihen.

„Im Grunde genommen," sagte sie wieder freund=
lich werdend, „im Grunde genommen beschränkt
Deine Klugheit — für die ich einen härtern Aus=
druck gebrauchen könnte, aber ich will jetzt wieder
gut sein — mich blos in meinen kleinen Annehm=
lichkeiten, und ich werde weiter nicht darauf achten.
Wenn Du aber jemals versuchst, mir in Sachen der
Herzensgüte Zwang anzuthun, wie Du gestern
thatst — ich errieth aber den Beweggrund —"

„Wirklich?"

„Na; mach' nur kein so stutziges, unzufriedenes
Gesicht! Ich sah, daß Du nicht das Aufsehen lieb=
test, von welchem politische Wohlthätigkeitsspenden
begleitet zu sein pflegen. Ein ander Mal aber,
wenn ich Gutes zu thun wünsche — wie Anna
Valery, nur in viel, viel kleinerem Maßstabe —
Horch', was ist denn das für ein Geräusch?"

Es war ein Arbeiter von anständigem Aussehen,
der draußen im strömenden Regen stand, durch die

7*

Glasscheiben hereinschauete und zornig an der ver-
schlossenen Thür rüttelte.

„Was für ein grimmiges Auge dieser Mensch
hat!“ rief Agathe. „Es sieht fast aus wie das eines
Wolfes. Was kann er von uns wollen?“

„Ich will gehen und ihn fragen. Wahrscheinlich sucht er Arbeit, deßwegen aber hat der Kerl
noch kein Recht, uns auf diese Weise zu stören.
Bleib’ hier, Agathe.“

„Nein, ich gehe mit,“ antwortete sie und trip-
pelte hinter ihm her, während die augenblickliche
Zufriedenheit ihres Herzens die Sehnsucht, Gutes
zu thun, erweckte und ihr den Wunsch einflößte,
dem Himmel gewissermaßen einen Tribut ihres Dan-
kes darzubringen.

Nathanael öffnete die Glasthür und war sehr
ärgerlich, denn im Gegensatze zu seiner Gattin war
der Tribut feiner Freude noch nicht fällig.

„Was sucht Ihr, guter Freund?“ fragte er.

„Einen von den Harpers.“

„So; Ihr wollt wohl Arbeit haben? Ihr
seht aber nicht aus wie einer von den Thongräbern.
Wo seid Ihr her?“

„Ich bin aus Dorset, aber ich komme aus
Cornwall.“

„Woher?“ fragte Agathe, welche den Dialekt

des Mannes nicht recht verstand, und sofort durch sein intelligentes Gesicht und durch den Mangel und Hunger verrathenden Blick angezogen ward, den sie mit Recht einen wolfsartigen genannt hatte.

„Ich komme von den Kohlenwerkarbeiten in Cornwall," wiederholte der Mann, indem er die Stimme drohend erhob. „Meine Kameraden haben mich zurück nach Dorset geschickt, um einen von den Harpers aufzusuchen."

„Geh' hinein, Agathe, es ist kalt. Ich kann nicht dulden, daß Du hier stehen bleibst. Geh' — rasch."

Und Agathe war erstaunt, zu sehen, wie bleich und unruhig ihr Gatte aussah, und wie viel ihm daran zu liegen schien, sie fortzubringen.

„Ach nein," entgegnete sie; „es ist mir durch= aus nicht kalt. Ich wünsche diesen Mann zu hören. Vielleicht ist es einer von den armen Bergleuten, von welchen Miß Valery sprach. Das Kohlenwerk hieß, wenn ich nicht irre, Wheal —"

„Ich komme eben von Wheal Caroline, Madame, und muß mit einem von den Harpers sprechen. Dort sitzt der Alte am Fenster. Das wird am Ende gleich der Rechte sein."

Und er eilte nach dem Bogenfenster in dem Zimmer des Squire, welches sich nicht weit von dem Treibhause befand. Nathanael aber rief ihn gebieterisch zurück.

„Halt, Freund! Mein Vater hat mit den Kohlenwerken Nichts zu thun. Dies ist meine Sache. Ich werde sogleich mit Euch sprechen. — Die Angelegenheit betrifft Anna," setzte er hastig und leise zu seinem Weibe hinzu. „Verlaß uns, liebe Agathe."

„Warum willst Du, daß ich hineingehe? Ich wünsche von den armen Bergleuten zu hören; ich wünsche sie zu unterstützen, eben so wie Anna Valery thut."

„Ja, unterstützen Sie uns, Madame," rief der Mann, durch Agathens theilnehmende Miene besänftigt, in bittendem Tone. „Schenken Sie uns Etwas, damit wir nicht verhungern müssen."

„Verhungern!" rief Agathe entsetzt. Und selbst die Unruhe ihres Gatten trat für den Augenblick in den Hintergrund vor dem tiefen Mitleiden, welches sich in seinen Zügen malte.

„Ja, so weit ist es nun so ziemlich mit uns, das kann ich Ihnen versichern. Wir sind keine Betrüger — Andere haben uns betrogen — vornehme, feine Leute, die Nichts von den Kohlenwerken verstanden, sondern dieselben wieder verschlossen und kein Geld bezahlten."

„Wie ſchändlich!"

„Aber es ſoll ihnen nicht ſo hingehen," rief der
Mann wild, während er ſeinen Blick auf Nathanael
heftete. „Ich kenne dieſe feinen Leute, und ich ſage
Ihnen —"

„Schweigt! Ihr vergeßt, daß Ihr in Gegenwart einer Dame ſprecht. Erwartet mich hier und
ich werde mich Euch ſprechen."

„Wirklich, junger Herr? Betrügen Sie mich
nicht etwa jetzt auch?" ſagte der Kohlenarbeiter mit
plumpem Hohne.

Nathanael's Wange erglühete, aber er ſagte
ſehr ruhig:

„Ich verſpreche Euch, daß ich in einer halben
Stunde wieder hier bin. Ich bin Nathanael Harper
— Mr. Harper's jüngſter Sohn."

Der Bergmann ſah ihn einige Secunden lang
ſcharf an und zog dann ehrerbietig die Mütze.

„Ah, dann ſind Sie der Rechte nicht, das ſehe
ich!" ſagte er. „Sie ſind aber der Sohn des alten
Squire, und ich bin aus Dorſet."

Der Bergmann verneigte ſich abermals — es
war die unwillkürliche Achtung gegen die alte Graf-
ſchaftsfamilie, welche die auf ihrem Grund und Boden
geborene ehrliche Arbeit ihr zollte — und lehnte ſich

dann erschöpft an den zerzauf'ten Stamm eines der alten Weinstöcke.

„Madame," sagte er hungrig aufblickend — „Madame, geben Sie mir ein Stück Brot."

Agathe wollte mitleidsvoll die Diener herschicken, oder den Hungrigen in die Küche führen, oder ihm auch mit eigenen Händen Etwas zu essen holen. Nathanael mischte sich ein.

„Ich will ihm selbst Etwas holen," sagte er. „Bleibt hier stehen, Freund — rührt Euch nicht von der Stelle. Vergeßt nicht, daß Ihr mit meinem Vater durchaus Nichts zu thun habt."

Es lag eine mahnende Strenge in Nathanael's Tone, welche Agathen unangenehm berührte. Warum sprach ihr Gatte so unfreundlich zu dem armen Manne? Dennoch gehorchte sie seinem augenscheinlichen Wunsche, daß sie sich entfernen möchte, und verbrachte die Zeit bei Elisabeth, welcher sie diesen kleinen Vorfall erzählte.

Elisabeth hörte mit der raschen Fassungsgabe zu, welche aus ihren hellen Augen leuchtete. Sie machte jedoch weiter keine Bemerkung als:

„Was kann denn diesen Kohlenwerksarbeiter bewogen haben, nach Dorsetshire zurückzukommen und unsere Familie aufzusuchen?"

Daran hatte Agathe noch gar nicht gedacht;

auch fühlte sie durchaus nicht das Bedürfniß des
Denkens. Ihr Herz floß über von Mitleid. Sie
sehnte sich, ihm durch einen Strom von Wohlthätigkeit Luft zu machen, gegen welchen selbst Anna
Valery's ununterbrochener Strom guter Thaten
gemessen und langsam erschien.

Elisabeth beobachtete sie mit einem seltsamen
durchbohrenden Ausdrucke — Elisabeth, die von
ihrem schweigsamen Neste aus alle Dinge klarer zu
sehen schien, gleich einem Geiste, der in einer höhern
Luftregion schwebt und für dessen leidenschaftslosen,
weitreichenden Blick ferne Labyrinthe Gestalt und
Ebenmaß gewinnen. Oft lag in Elisabeth und in
ihren aufmerksamen Augen etwas beinahe Ueber-
natürliches.

„Liebe Freundin," sagte sie endlich, während
Agathe eine Erwiderung ihres eigenen Enthusiasmus
erwartete, „der Mensch denkt — Gott lenkt! Geh'
und besprich diese Angelegenheit erst mit Deinem
Gatten."

Agathe ging.

Auf der Treppe begegnete sie Nathanael, der
eben auf dem Wege nach ihrem Zimmer war.

„Ah, bist Du es?" rief sie. „Das freu't mich.
Komm' und sage mir, was in Bezug auf den armen
Bergmann geschehen ist."

„Er ist fort, ich habe ihn wieder nach Cornwall
geschickt."

„Wie? So schnell? Doch nicht etwa, um in
jenem Kohlenwerke zu verhungern — wie hieß es
doch gleich — ich habe den Namen schon wieder
vergessen."

„Vergiß ihn nur immerhin! Mach' Dir darüber
keine Gedanken. Geh' hinunter und denke an etwas
Anderes."

Er klopfte sie mit erkünstelter Gleichgültigkeit
liebkosend auf den Kopf und wollte an ihr vorübergehen, sie vertrat ihm aber den Weg.

„Also, ich soll wohl immer ein Kind bleiben?
Ich soll hinuntergehen und an etwas Anderes denken, während Du hinaufgeh'st und Dich einschließest,
um in dieser Angelegenheit zu brüten. Aber ich
lasse mich nicht auf diese Weise abfertigen — ich
gehe mit Dir — komm'!"

Und mit muthwilliger Gewalt zog sie ihn in
ihr Zimmer hinein und verschloß die Thür.

„Nun setze Dich nieder und erzähle mir die
ganze Geschichte. Wie ernst und bleich Du aussieh'st!
Doch laß es nur gut sein. Wir wollen schon ein
Mittel ausfindig machen, um diesen armen Leuten
zu helfen."

Er gab in nur halbverständlichen, kalten Wor-

ten seine Zustimmung zu erkennen, sank auf den
Stuhl, den Agathe ihm herbeiholte, und faltete seine
Finger so dicht ineinander, daß Agathe sich zu den
kühnen Projecten, welche sie im Begriffe stand mitzutheilen, nicht einmal dadurch ermuthigen konnte,
daß ihr vergönnt gewesen war, ihre Hand verstohlen in die ihres Gatten schlüpfen zu lassen.

Sie knieete jedoch zu seinen Füßen, auf den
Boden nieder, in der Haltung einer circassischen
Schönheit, oder — wie ihr unwillkürlich einfiel —
fast wie eine circassische Sclavin.

„Ich bitte Dich, beginne! Ich muß hören,
wie es eigentlich in diesen Kohlenwerken hergegan-
gen ist.“

„Ich bezweifle, daß Du es verstehen wirst;
wenigstens wird dies nicht bei den wenigen Erklärun-
gen der Fall sein, die ich jetzt im Stande bin Dir
zu geben.“

„Nichtsdestoweniger will ich es versuchen. Warum
sind die armen Leute auf diese Weise dem äußersten
Mangel Preis gegeben?“

„Das hast Du ja vorhin schon gehört — weil
der Kohlenbau erst auf Speculation begonnen und
nachlässig, ja ich fürchte, unehrlich betrieben ward,
bis den Speculanten das Geld ausging und das
ganze Unternehmen liegen blieb. Die Arbeiter,

welche auf diese Weise sich plötzlich ohne Beschäftigung und ohne Verdienst sahen, geriethen natürlich
in große Noth, wie dieser Mann mir erzählte."

„Aber warum kommt er denn hierher und verlangt Deinen Vater zu sprechen?"

„Und," fuhr Nathanael hastig und ohne auf
die an ihn gestellte Frage zu achten, fort: „Das
ganze Terrain des Kohlenwerkes ward kürzlich als
unbebauetes Land verkauft. Anna Valery hat es
gekauft."

„Warum hat sie dies gethan?"

„Aus Wohlthätigkeitssinn, um irgend Etwas
damit zu beginnen — Flachsbau, glaube ich —
wodurch sie den armen Leuten Beschäftigung und
Verdienst schaffen kann. Damit ist die Geschichte
vollständig erzählt, meine kleine Neugierde. Willst
Du nun hinuntergehen zu meinen Schwestern?"

„Noch nicht. Ich wünsche noch ein paar Worte
mit Dir zu sprechen, nur ein paar Worte. Darf ich?"

Und sie senkte das Köpfchen, erröthend, wie die
Jugend über dasselbe menschenfreundliche Gefühl zu
erröthen pflegt, womit das verstockte Alter geflissent-
lich Parade macht.

Nathanael schaute sich hoffnungslos ringsum,
als ob er einen Weg zum Entrinnen und zur Ein-

samkeit suchte. Seine Gattin bemerkte es und fühlte sich dadurch schmerzlich berührt.

„Wie — bist Du meiner überdrüssig?"

„O nein, nein, liebe Agathe; ich habe nur jetzt gar so viel zu thun und so Vieles zu überlegen."

„Was denn zum Beispiel?"

„Wie, ich soll Dir wohl alle meine Geschäfts-geheimnisse offenbaren?" entgegnete er in scherzendem Tone. „Sagtest Du mir nicht einmal, ehe wir ver-mählt wurden, Du haßtest Geheimnisse und hättest niemals in Deinem Leben eins bewahren können?"

„Das ist wahr — sehr wahr. Ich hasse wirk-lich alle Geheimnisse," rief Agathe, „und, lächle wie Du willst, ich weiß, daß Du mir jetzt Etwas ver-heimlichst."

„Thörigte kleine Frau."

„Thörigt mag ich sein, aber eine Frau bleibe ich doch. Sieh' mich an und sage mir die Wahr-heit. Ist Etwas in Deinem Herzen, was ich nicht weiß?"

„Ja, Agathe, Mehreres."

Der plötzliche Uebergang von Scherz zu tiefem Ernste machte sie so stutzig, daß sie verstummte.

„Es können sich," fuhr er fort, „Umstände er-eignen, die ein Mann nicht allemal seiner Frau sagen kann, besonders ein Mann von meinem sonderbaren

Temperamente und meinem Hange zur Einsamkeit.
Ich dachte mir von jeher, daß die Frau, die ich hei-
rathete, viel von mir zu ertragen haben würde.
Sagte ich Dir das nicht auch selbst, arme kleine
Agathe?"

Und er versuchte sie bei der Hand zu erfassen.

„Du sagst dies blos, um mich zu beschwichtigen,
aber ich weiß recht wohl, was Du meinst. Kein
Mann glaubt jemals, daß e r an Etwas Schuld sei,
sondern sein Weib. Emma sagte das immer."

Nathanael ließ die widerstrebende Hand los,
faßte sie aber im nächsten Augenblicke nur um so
fester.

„Agathe, wollen wir wieder anfangen, uns
mit einander zu erzürnen? Soll niemals Friede
zwischen uns herrschen?"

Nur „Friede?" Nichts Engeres, Theureres?
Und doch, weßhalb glaubte Agathe, indem sie ihren
Gatten ansah, daß selbst sein Friede besser sei als
eines Andern Liebe?

„Ja," murmelte sie, nachdem sie ihn lange
schweigend beobachtet, „ja, es soll Friede herrschen.
Wie ich auch sein mag, so weiß ich, wie gut Du
bist. Und," setzte sie in heiterem Tone hinzu, „nun
laß mich Dir einen von mir ausgesonnenen Plan

mittheilen, welcher Dir beweisen soll, wie gut wir Beide sind."

„Was meinst Du?"

„Ich brauche einiges Geld — ziemlich viel."

Nathanael wendete sich ab.

„Wozu?" fragte er.

„Erräthst Du es nicht? Ich dachte, Du müßtest es sofort errathen — ja, Du würdest der Erste sein, der es vorschlüge. Ich freue mich aber, daß nun ich es zuerst vorgeschlagen habe. — Also, rathe."

„Wenn es eine ernste Angelegenheit ist, so möchte ich lieber nicht rathen. Ist sie dies nicht, so bin ich heute zum Scherzen nicht aufgelegt genug. Sage mir es also geradezu."

„Die Sache ist sehr einfach, obschon ich mir eine halbe Stunde lang den Kopf darüber zerbrochen habe. In meinem ganzen Leben habe ich nicht so viel über Geschäftsangelegenheiten nachgedacht. Also —" sie stockte.

„Nun, weiter, Agathe."

„Ich wünsche nämlich — es muß heraus — ich wünsche, daß Du die Hälfte oder auch die ganze Summe meines, ich wollte sagen unseres Geldes, welches in Staatspapieren angelegt ist — ich glaube, Major Harper sagte so, obschon ich nicht den min-desten Begriff davon habe, was Staatspapiere sind

— also daß Du dieses Geld nimmst und dafür ein neues Kohlenwerk kaufst und den armen Bergleuten wieder Arbeit verschaffst. Das wird ihnen ganz gewiß viel lieber sein als Flachs bauen. Vielleicht können wir dann Schulen und Wohnhäuser bauen und eine Menge Gutes thun. O wie freue ich mich, daß ich reich bin!"

Sie erhob sich und ihre Augen funkelten. Ihre kleine Gestalt schien größer und stärker zu werden, noch nie hatte sie so lieblich — so liebenswürdig ausgesehen. Und dennoch saß ihr Gatte da, als ob er blind und stumm wäre.

„Dagegen kannst Du ganz gewiß Nichts einzuwenden haben," fuhr Agathe fort. „Es ist das ja nicht so, als wenn man das Geld öffentlich verschenkt und seinen Wohlthätigkeitssinn zur Schau trägt. Die Leute mögen immerhin glauben, daß wir es um unsertwillen thun — um unsern Reichthum zu vermehren" — und sie lachte lustig über diesen Gedanken. „Ueberlege Dir die Sache einmal — wie viel Geld würde wohl dazu gehören?"

„Das weiß ich nicht."

„Wahrscheinlich sehr viel, da Du eine so ernste Miene machst," fuhr Agathe ein wenig ärgerlich fort. „Es kann sein, daß mein Plan in manchen Beziehungen ein thörigter ist, aber in der Hauptsache halte ich ihn für gut und recht, und wenn ich fühle, daß ich Recht habe, so bin ich sehr fest, fester als Du vielleicht glaubst. Ganz gewiß, da wir so wohlfeil in jenem winzigen Hause leben werden — und wir wollen noch wohlfeiler leben, wenn Du es wünschest, — so werden wir große Ersparnisse machen. Meinen Plan müssen wir aber ausführen. Sage, daß es geschehen soll."

Nathanael schwieg.

Allmählig ging die Röthe des Enthusiasmus auf Agathen's Wange in die dunklere des Verdrusses, ja, wirklichen Zornes über.

„Mr. Harper," sagte sie, „ich erwarte Deine Antwort."

Als sie sich abwendete, sah Nathanael sie an und sein Antlitz hatte einen Ausdruck von Zärtlichkeit, Kummer und Leidenschaft, wie ihn wohl kaum jemals ein menschliches Antlitz getragen.

Dann erhob er sich, ging nach seiner gewöhnlichen Weise im Zimmer auf und ab, blieb einmal am Fenster stehen, um — es war seltsam, daß er jetzt auf so Etwas achtete — eine braune Biene hinauszulassen, die, nachdem sie gegen den Regen hier Schutz gesucht, jetzt, wo die Sonne schien, wieder hinaus wollte.

Endlich nahm er wieder neben Agathen Platz.

„Mein liebes Weib," sagte er, „es bekümmert mich, Dir Deinen Wunsch abschlagen zu müssen. Es bekümmert mich mehr als ich es Dir sagen kann; aber der Plan, den Du in Vorschlag bringst, ist gänzlich unausführbar."

„Wirklich!" rief sie, indem ihre Röthe noch dunkler ward, um dann einer plötzlichen Blässe zu weichen. Sie bot Alles auf, was in ihren Kräften stand, um sich zu beherrschen.

„Nun, dann will ich weniger verlangen," hob sie bitterlich wieder an. „Ich hatte die ungemein große Klugheit Deines Charakters vergessen. Gieb mir, was nach D e i n e r Ansicht genügend ist, um unsern Wohlthätigkeitssinn zu beweisen."

Und ihre Lippen versuchten, sich n i c h t stolz zu verziehen; ihr Herz bemühete sich, ihren Gatten n i c h t zu verachten.

Nathanael gab keine Antwort.

„Harper," hob sie wieder an, „Du hast mir in der letzten Zeit drei, ja vier Mal verweigert, was ich verlangte. Drei Mal handelte es sich blos um mein eigenes Vergnügen, und ich verzichtete. Dieses Mal dagegen handelt es sich um ein Princip, und ich werde nicht nachgeben. Willst Du — da ich Dich zum Herrn meines Vermögens gemacht habe — willst Du mir davon so viel überlassen als ich brauche, um meinem Wünsche, Gutes zu thun, einigermaßen zu genügen? Ich sollte meinen, dies wäre nicht mehr als recht."

„Recht!" wiederholte Nathanael, und seine Züge nahmen allmählig den starren Ausdruck an, den sie zuweilen trugen — eine Mahnung, wie viel sein sanftes Gemüth ertragen konnte.

„Höre mich einen Augenblick lang an, Agathe," fuhr er dann fort. „Ich weiß, es ist hart, sehr hart für Dich. Ich habe Deinem Wunsche, in London zu leben, entgegengehandelt; ich habe ein kleineres Haus gemiethet als Du haben wolltest; ich habe Dich bei Bethätigung Deines Wohlthätigkeitssinnes beschränkt. Aber zu allen diesen Dingen habe ich meine Gründe."

„Nun, willst Du mir diese Gründe mittheilen?" fragte sie in einem Tone, nicht der Bitte, sondern der Drohung, so wie ein Mann sie nie von einem Weibe hören kann, ohne daß sein ganzer Stolz sich dagegen empört.

Nathanael ward noch bleicher, obschon seine Antwort immer noch in sanftem Tone gegeben ward.

„Agathe," sagte er, „frage mich nicht. Ich kann es Dir nicht sagen."

„Du wagſt es nicht! Du ſchämſt Dich!" rief ſie.

Er ging von ihr hinweg. Als er wiederkam, war es weniger der Liebende, welcher ſprach, als vielmehr der Mann und Gatte.

„Ich habe mich Nichts zu ſchämen, was ich thue, und zu Allem habe ich vollkommen klare Beweggründe. Ich wünſche blos, daß mein Weib noch eine Weile Geduld habe und ihrem Gatten Vertrauen ſchenke."

„Ich ſoll meinem Gatten Vertrauen ſchenken!" rief ſie in heftiger Aufwallung. „Ich ſoll ihm Vertrauen ſchenken, während er ungerecht und beleidigend gegen mich handelt, mir Hände und Füße bindet wie einem Kinde, und dann lächelt und ſagt, ich ſolle Geduld haben! — Während er Geheimniſſe vor mir hat, während — wenigſtens kann ich es nicht wiſſen — ſeine ganze Handlungsweiſe vielleicht weiter Nichts als eine einzige lange, an mir verübte Täuſchung geweſen iſt!"

„Bedenke, was Du ſprichſt, Agathe," entgegnete Nathanael. Er ſprach dieſe Worte zwiſchen den zuſammengebiſſenen Zähnen hindurch und dann ſchloſſen ſich die Lippen zu jener feſten geraden Linie, die ſeinem Geſichte einen Ausdruck gab, als wäre es von Eiſen.

„Ich sage, es kann leicht der Fall gewesen sein — ich habe von solchen Dingen gehört —" und sie lachte furchtbar bei dem entsetzlichen Gedanken, den ein arglistiger Teufel ihr zuflüsterte — „ich habe von jungen Mädchen gehört — armen verlassenen Geschöpfen, mit dem Fluche des Reichthums beladen und ohne Schützer und Rathgeber — und von Fremdlingen, welche kamen und sie in aller Eile heiratheten, aber nicht aus Liebe — o nein, nicht aus Liebe!" Und ihr Gelächter nahm in seinem Hohne einen förmlich gräßlichen Ausdruck an. „Wie kann ich wissen, ob Du mich nicht auch auf dieselbe Weise geheirathet hast?"

Ihre wildfunkelnden Augen hefteten sich auf ihren Gatten. Sie sah, wie sein Gesicht todtenfahl ward; ein eisiger Schauer schüttelte seine Glieder.

„Ja, ich hatte Recht," keuchte sie, während ihre Aufwallung plötzlich in kaltes Entsetzen überging. „Du hast mich um meines Geldes willen geheirathet!"

Keine Antwort — kein Hauch — nur ein ungläubiges Stieren. Wieder erwachte Agathen's Zorn und stieg wie ein Ocean der Wuth und Verzweiflung, der sie blindlings weiterschleuderte, sie fragte nicht wohin.

„Nun durchschaue ich Alles — Deine ganze Bosheit! Du hast mich niemals geliebt — Du liebtest blos meinen Reichthum. Nun haft Du ihn und kannst deßhalb daftehen und mich anstieren, so hart und stumm wie ein Stein. Aber Du sollst mich hören — ich kreische es Dir in's Ohr! — nochmals — Du haft mich um meines Geldes willen geheirathet!"

Immer noch sprach er kein Wort. Sein Schweigen war furchterregend. Er stand aufrecht da, die Hände krampfhaft in einander gefaltet und mit geschlossenen Augen. Er sah weder sie an, noch sonst etwas Anderes. Es lag nicht der mindeste Ausdruck in seinem Gesichte. Es war wie in Granit gemeißelt. Als endlich, beinahe blos um zu sehen, ob sie einen Lebenden oder einen Todten vor sich habe, Agathe ihn am Arme packte, fühlte dieser sich ebenfalls hart und unbeweglich an wie Granit.

„Harper —" rief sie, und Angst mischte sich mit dem Ausdrucke ihrer Wuth.

Er schlug blos die Augen auf und sah nach der Thür. Ihr — Agathen — schenkte er keinen Blick — nicht einen.

„Ja, ich will gehen," antwortete sie, „gern und mit Dank und Freude. Ich will mich schnell entfernen, um nur aus Deiner Nähe hinwegzukommen."

Sie schritt über das Zimmer und versuchte die Thür zu öffnen, welche sie selbst kurz vorher aus .

Muthwillen verriegelt hatte, aber ihre zitternden Finger vermochten es nicht. Sie mußte ihren Gatten zu Hülfe rufen und er kam.

Vollkommen schweigend und ohne sie mit einem Blicke anzusehen, zog er die Riegel zurück und öffnete ihr die Thür. Eine Anwandlung von Furcht, ja von Reue bemächtigte sich Agathens.

„Sprich," rief sie, — „wenn auch nur ein Wort — sprich!"

Seine Lippen bewegten sich, als ob sie ein unarticulirtes „Nein" stammelten, und schlossen sich dann wieder zu jener eisernen Linie. Dabei hielt er fortwährend die Thür geöffnet.

Kaum wissend, was sie that, sprang Agathe über die Schwelle und taumelte einige Schritte weiter. Dann drehete sie sich herum und sah, wie die Thür sich hinter ihr geschlossen hatte; langsam und geräuschlos, aber sie war geschlossen.

Es war Agathen, als ob ihrem Herzen das Thor der Hoffnung sich auf immer geschlossen habe. Sie drehete sich wieder herum und entfloh.

Viertes Kapitel.

Es war spät am Nachmittag. Der Regen hatte
aufgehört und war in einen milden, sonnigen und
schönen Octobertag übergegangen. Das Licht schim=
merte durch die geschlossenen Jalousieen von Anna's
Zimmer, und tanzte auf dem Teppich und um Aga=
thens Füße herum, als sie so dasaß, endlich ruhig,
und sich zu besinnen versuchte, wie sie hierher gekom=
men und wie lange sie hier sei. Sie hatte Nieman=
den gesehen — denn Niemand kam je in Anna's
Zimmer. Die Glocke zum Ankleiden läutete — der
einzige Ton, den sie seit Stunden im Hause gehört.

Sie fuhr empor. Sie erwachte zu der furcht=
baren Gewißheit, daß Alles wirklich sei — daß das
Hauswesen seinen Gang ging, ganz wie gewöhnlich,
daß sie sich, obschon unter der Last ihres Elendes

taumelnd, aufraffen und ihre tägliche Rolle spielen müsse, gerade als ob Nichts geschehen sei und Nichts geschehen würde.

Nichts? — Während doch an diesem Tage, vielleicht in dieser selben Stunde, eins von zwei Dingen entschieden werden mußte — ob sie ein unglückliches Weib war, lebenslang an einen Mann gefesselt, der sie blos aus eigennützigen Beweggründen geheirathet, oder ob sie die noch viel Unglücklichere war, die ihren Gatten so tief gekränkt und beleidigt, daß Nichts jemals seine Verzeihung erringen oder seine Liebe wiederherstellen konnte — seine Liebe, die, wie sie jetzt unklar und schaudernd zu sehen begann, das Kostbarste war, was das Dasein für sie hatte.

Erst als sie so dasaß, gänzlich allein und fühlend, was es heiße, so allein zu sein, nachdem sie so liebend geführt und behütet worden — erst jetzt begriff sie, was die Welt für sie sein würde; wenn das Schicksal wollte, daß sie die Ehre ihres Gatten bezweifeln, oder seine Liebe überleben müßte.

„Es muß Alles ein Traum gewesen sein,“ sagte sie, indem sie sich mit ihren kalten Fingern an der Stirn hin und her fuhr. „Er hätte mich niemals so kränken können, und ich ihn auch nicht. Er muß sich erklären, und ich will ihr für das, was

ich in der Hitze gesagt, um Verzeihung bitten —
ausgenommen wenn meine Anklage gegründet wäre."

Aber diese Möglichkeit konnte sie sich jetzt nicht
mehr denken — sie drohete ihr den Verstand zu
rauben.

„Ich werde bald wieder mit ihm zusammen-
treffen. Ich werde sehen, wie er mir entgegen kommt.
Dies wird Alles entscheiden. — Horch!"

Sie lauschte, und erwartete, Tritte sich der Thür
nähern zu hören. Aber es kam keiner.

„Wahrscheinlich ist er noch in seinem Zimmer
— in unserem Zimmer."

Und der Gedanke an das erhabene Band des
ehelichen Lebens — das fortwährende Beisammen-
sein Tag und Nacht, welches die Entfremdung schlimmer macht als in jedem andern menschlichen Verhältnisse — erfüllte sie mit unaussprechlicher Angst.
„Wenn er mich getäuscht und hintergangen hat, wie
soll ich dann seinen Anblick ertragen? Wenn ich
dagegen ihn beleidigt habe und er mir nicht verzeihen will, o, was soll dann aus mir werden?"

Sie hörte verschiedene Klingeln im ganzen Hause
hier und da läuten, und wußte, daß sie keine Zeit
zu verlieren hatte. Sie erhob sich matt, mit jenem
schmerzlichen Gefühle von Erstarrung, welches gewal-

tige Aufregung in dem ganzen Körper zurückläßt, und taumelte vor den Spiegel.

„Ich muß mich betrachten, um zu sehen, daß nichts Auffälliges an mir wahrzunehmen ist, im Fall ich Jemandem draußen auf dem Gange begegne. O, wie hat mein Gesicht sich verändert!"

Es war fahl, bleich, mit dunkeln Schatten um die Augen, und dunkeln Linien nach allen Richtungen hin. Dieser erste Sturm wilder Leidenschaft, auf welchen die Qual der Reue folgte, hatte unauslöschliche Spuren zurückgelassen. Sie schien um zehn Jahre gealtert zu sein, seitdem sie sich das letzte Mal gesehen, als sie am Morgen ihre langen Locken aufrollte.

Sie rollte sie auch jetzt mechanisch auf, und versuchte, daraus einen Schirm zu machen, um das arme Antlitz zu verbergen, welchem sie früher zum Schmucke gedient.

Dann eilte sie wie ein gescheuchtes Reh die Corridors entlang, und erreichte, ohne Jemandem zu begegnen, die Thür ihres Zimmers. Diese stand ein wenig geöffnet, sie brauchte also nicht anzupochen — sie brauchte nicht zu pochen und zitternd auf die Antwort zu warten.

Vielleicht war Nathanael nicht zugegen, und sie

daher einige Minuten ficher vor der gefürchteten Be-
gegnung.

Sie ging hinein. Das Zimmer war leer, das
Taschentuch und die Reithandschuhe ihres Gatten
aber lagen da. Er schien so eben hinuntergegangen
zu sein. Nichtsdestoweniger und obschon es für sie
eine Erleichterung war, erschrak sie doch auch gewif-
fermaßen, das Zimmer leer zu finden. Das Schweigen, welches hier herrschte, lastete drückend auf ihr
und erfüllte sie mit unbestimmten Ahnungen. Sie
sah sich fragend um, als ob die Wände ihr erzählen
könnten, was hier vorgegangen sei, seitdem sie nicht
dagewesen. Endlich hob sie die Handschuhe ihres
Gatten auf und legte sie mit einer ihr sonst gänzlich fremden Sorgfalt und seltsamen Zärtlichkeit an
ihren bestimmten Ort. Als Mary's Zofe auf ihren
Ruf erschien, konnte sie nicht umhin, in gleichgülti-
gem Tone, obschon mit stürmischem Herzklopfen zu
fragen, wo Mr. Harper sei?

„Mr. Locke Harper, Madame, sitzt in der Biblio-
thek und lies't dem alten Herrn vor.“

Also er konnte ruhig sitzen und seinem Vater
vorlesen! Für ihn ging die Tagesordnung ihren
unveränderten Gang, nur ihr allein war der Sturm,
die Verzweiflung beschieden! Ihre Reue trat in den
Hintergrund, ihr Stolz und ihr Zorn erwachten

wieder. Ein wildes Funkeln kehrte in ihr Auge
zurück, und dunkelrothe Rosen auf ihre Wangen.

Sie kleidete sich sorgfältig an und ging dann
— obschon nicht eher als die letzte Minute — in
das Gesellschaftszimmer.

An der Thür begegnete ihr Mary.

„Eben wollte ich Dich holen. Nathanael sagte,
Du wärest in Anna's Zimmer gewesen."

Woher wußte er das? Hätte er sie belauscht?

„Das ist allerdings wahr," antwortete sie in
erheuchelt leichtfertigem Tone. „Ich bin auf meine
eigene Gesellschaft angewiesen gewesen, die übrigens
mancher andern vorzuziehen ist. Ich habe Euch
doch nicht warten lassen? Sind schon Alle da?"

Alle waren da. Auch er war da. Obschon
sie niemals nach dieser Richtung hinschauete, so sah
sie doch ihn sowohl als den Ausdruck seines Gesichts.
Andern konnte es erscheinen wie gewöhnlich, vielleicht
ein wenig bleicher, ein wenig zurückhaltender, sie
aber wußte, was es bedeutete. Ebenso wußte sie
jetzt, wo ihre Aufwallung sich gelegt hatte, daß sein
ganzes Leben — sein makelloses Leben — die Anklage, welche sie gegen ihn erhoben, Lügen strafte.
Sie hatte ihn an der empfindlichsten Stelle verletzt,
wo ein stolzer, ehrenwerther Mann von seinem Weibe
verletzt werden kann. Ihre eigene Hand hatte zwi-

schen ihnen eine Kluft geöffnet, die sich vielleicht niemals wieder schloß.

Bei diesem Gedanken schien ihr das Herz immer tiefer in die Brust hinabzusinken, gleich einem Vogel mit gebrochenen Schwingen. Es ward ihr plötzlich ganz schwindlig vor den Augen, und sie klammerte sich einen Augenblick an Mary's Arm.

„Nathanael!" rief diese. „Schau' doch! Was fehlt denn Deiner Frau?"

„Nichts, Nichts," rief Agathe. „Ich hatte blos über Etwas nachgedacht, bis mir davon ganz taumelig im Kopfe geworden war. Ich will aber nicht mehr nachdenken."

Mit wildem Gelächter warf sie den Kopf zurück. Ihr Gatte, der sich auf Mary's Ruf halb erhoben, setzte sich wieder, ohne eine Bemerkung zu machen.

Er war nie gewohnt gewesen, ihr in Gegenwart seiner Familie viel Zärtlichkeit oder Aufmerksamkeit zu beweisen, deßhalb fiel es nicht auf, daß er während der wenigen Minuten vor dem Diner mit seinen Schwestern plauderte und seine Gattin den Artigkeiten seines Vaters überließ, denn es war jetzt in Kingcombe Holm eine anerkannte Thatsache, daß der Squire eine immer größere Zuneigung zu Agathen faßte.

Das Diner begann, das lange, furchtbare

Diner, wo die hellbrennenden Kerzen Agathen's Gesicht beleuchteten und jeden Ausdruck desselben sichtbar machten. Der alte Mr. Harper neigte sich jedes Mal, wo sie wieder in Schweigen verfiel, zu ihr herüber, um sie anzureden, und dabei hatte sie das Bewußtsein, daß es für sie keinen Mittelweg gäbe, daß sie rasch und rücksichtslos schwatzen und lachen, oder aber in Thränen ausbrechen müsse, und, was das Schlimmste von Allem war, sie wußte, daß am Fuße der Tafel Jemand saß, den sie nicht anzuschauen wagte, den sie aber nichtsdestoweniger fortwährend sah.

Ihr Gatte hatte seinen gewöhnlichen Platz eingenommen und behauptete denselben auf seine gewöhnliche Weise. Er führte mit Mary und Eulalien dasselbe brüderliche Geplauder, gab seinem Vater dieselben Antworten, und als er einmal im Laufe der bei Tische vorkommenden Artigkeiten seine Gattin anredete, geschah es genau in demselben Tone wie sonst.

Agathe hätte ihre Antwort zurückkreischen und ihn vor der Versammlung entlarven mögen. Diese glatte Außenseite des täglichen Lebens — und was barg sich dahinter? Es war furchtbar!

Und dennoch fühlte sie, daß sie nicht die Macht besaß, diese Fesseln zu sprengen. Sein vollkommenes

Schweigen, welches seine Ehre, ihre beiderseitige
Ehre, in ihren Händen ließ, glich einer um sie ge-
schlungenen Kette, welche da war, möchte sie sich
krümmen und dagegen ankämpfen wie sie wollte.

Der Squire schien heute länger als gewöhnlich
bei Tische verweilen zu wollen. Er ließ seine Damen
nicht fort. Er hatte viel Toaste auszubringen und
seine Schwiegertochter mit verschiedenen alten Erinnerungen bekannt zu machen. Sie hörte Alles mit
an, wie in einem nebeligen Traume befangen, und
bewahrte ein unbestimmtes Lächeln. Endlich nahm
das Fegefeuer ein Ende, und sie erhoben sich.

Nathanael öffnete seiner Gattin und seinen
Schwestern, als sie sich entfernten, die Thür — in
Kingcombe Holm ging selbst im Alltagsleben Alles
seinen steifen, förmlichen Gang.

Im Vorübergehen war es Agathen, als müsse
sie die von ihm gezogene eisige Schranke durchbrechen;
sie mußte dem Blicke ihres Mannes begegnen und
ihn zwingen, dem ihrigen zu begegnen. Sie warf
ihm einen Blick zu — stolz, drohend und doch erfüllt von stillem Jammer. Ganz gewiß beantwortete
er diesen.

Nein! Er hatte für sie keine Antwort — nicht
einmal Zorn. Kummer empfand er vielleicht, aber
einen Kummer, der so streng, ernst, hoffnungslos

und verschlossen war wie sein ganzes Wesen überhaupt. Wenn das Schiff seiner Liebe gescheitert
war, so war das Wrack schon hinabgesunken in die
tiefen Fluthen, deren Oberfläche fortwährend ruhig
erschien.

Agathe warf einen zweiten Blick auf ihn zurück.
Verachtung lag darin und Haß — es war ihr, als
wenn sie ihn in diesem Augenblicke wirklich haßte.
Ihr Herz that einen Sprung wie ein von der Kugel
getroffenes Reh, und dann schien ein „lachender Teufel" davon Besitz zu nehmen und sie immer weiter
zu hetzen — irgend wohin — zu irgend Etwas.

„Komm', Mary, komm', Eulalie, wir müssen
heute Abend sehr heiter sein, und mein Mann muß
sich uns anschließen, mag er so ernst und feierlich
aussehen als er will. Wirf diese Maske ab, Harper,
o, wir nennen Dich einen Betrüger — einen glatten,
lächelnden Betrüger!"

Laut auflachend faßte sie ihn bei der Hand,
drückte sie ihm heftig und schleuderte sie dann
von sich.

„Wie launig Du doch bist!" sagte die träge,
schmachtende Eulalia.

„Aber," flüsterte die verständige Mary, „weißt
Du auch gewiß, ob Nathanael solche Scherze liebt?"

„Wer kümmert sich darum?" entgegnete Agathe, schauete aber doch noch einmal zurück.

Er hatte seine Hand blos wieder in die andere gefaltet, und seine Wangen errötheten ein wenig. In anderer Beziehung hätte die arme, wahnsinnig aufgeregte, leidenschaftliche junge Frau ihren Kopf eben so gut an einen Felsen zerschmettern können. Sie ward wieder still und empfand einen gewissen Grad von Furcht. Die Kniee zitterten ihr, als sie ihren Weg nach dem Gesellschaftszimmer weiter fortsetzte, und während der ganzen Zeit, wo sie hier auf dem Sopha lag und Mary um sie her beschäftigt war und von allen möglichen häuslichen Dingen schwaßte, sah Agathe wie in einer Vision das Antliß ihres Gatten, so schön in seiner Strenge, so rein und redlich, während sie sich selbst so verzweifelt gottlos fühlte.

All' jene schwarzen Flecken, die in ihrer Seele sichtbar geworden — und sie wußte, daß sie schlimmer war als irgend Jemand sie kannte — schienen sich zu einer einzigen Wolke zu sammeln, bis sie vor ihrem eigenen Bilde erschrak. Denn neben demselben tauchte ein anderes auf — und was für eins! — Und dennoch hatte es eine Zeit gegeben, wo sie es für ein großes Opfer und eine große Herablassung gehalten, daß sie Nathanael gestattet hatte, sie zu lieben. Jetzt —

Nein, sie wagte nicht, den Schrei ihres Herzens zu hören. Sie wagte nicht, etwas Anderes zu thun als ihn zu hassen, wie er ganz gewiß sie hassen mußte. Hätte er in dieser Minute vor ihr gestanden, so hätte sie dieses weiche Gefühl unterdrückt, die Thränen in ihren funkelnden Augen vertrocknen lassen und die vollkommenste Gleichgültigkeit geheuchelt. Er konnte, wenn er wollte, kalt sein wie Eis, stolz wie Lucifer. Sie war dasselbe. Sie wollte ihn nicht einmal das ahnen lassen, was, wie der Jammer dieses Tages ihr gezeigt, in ihrem Herzen lebte — Etwas, wogegen die angenehme kleine Eitelkeit, angebetet zu werden, das Begnügen mit einem anspruchslosen Wohlgefallen, den in ein loderndes Feuer fallenden Strohhalmen glich — Etwas, was sie Zorn und Haß zu nennen suchte, was aber in der That der Rachengel „Liebe“ war.

Es schien eine Ewigkeit zu vergehen, ehe Nathanael zu den Damen herauf in das Gesellschaftszimmer kam. Als es geschah, war er von seinem Vater begleitet, der sich auf seinen Arm stützte. Der alte Herr schien angegriffen zu sein, als ob sie viel gesprochen hätten, schien aber seinen Sohn, der sonst durchaus nicht sein Liebling gewesen, mit ungewöhnlich zärtlichem Ausdrucke zu betrachten.

Warum that er das? Warum gewann Nathanael früher oder später Jedermanns Zuneigung? Und wie konnte er seinem Vater diese ehrerbietige Aufmerksamkeit und seinen Schwestern diese heitere Freundlichkeit beweisen, während sie dasaß, eifersüchtig auf jedes Wort und jeden Blick? Jedes Mal, wo er eine von diesen drei Personen anredete, war es Agathen, als wenn eine unsichtbare Hand sie zur Wuth peitschte.

Es ist seltsam und schrecklich, aber nichts destoweniger wahr, daß ein guter Mann, ein freundlicher Mann, ein edelgesinnter Mann zuweilen und ohne es zu wissen ein Weib beinahe zum Wahnsinn treiben, und die Ursache sein kann, daß es ihr zu Muthe ist, als ob eine Legion Teufel um die Herrschaft ihrer Seele kämpften, ihre Schwäche zu Thaten anstachelten, die nur die Qual erzeugt, und deren spätere Erinnerung, vor das wirkliche Ich tretend, eine Demüthigung zur Folge hat, welche die Unglückliche zu noch gräßlicherem Wahnsinne treibt.

Die Männer, das heißt die guten Männer, welche stärker und besser im Stande sind, zu handeln und zu ertragen, müssen in der Art und Weise, auf welche sie gegen Frauen handeln, sehr behutsam und

umſichtig zu Werke gehen. Kein Unrecht, wie groß
es auch ſei, welches der ſchwächere Theil dem ſtärkern
zugefügt, kann gleiche Vergeltung verdienen, und
dem Geſetze gemäß, daß, je zarter die geiſtige und
phyſiſche Organiſation, deſto empfindlicher auch die
Fähigkeit des Leidens iſt, kann kein Mann, ſei er
auch noch ſo weiſe und weichherzig, die Tiefe der
Seelenqualen eines Weibes richtig beurtheilen und
würdigen.

Agathe erhob ſich und ging allein in ein klei=
neres Zimmer, welches in das andere führte und
große Aehnlichkeit mit ihrem eigenen Lieblingszimmer
während ihrer Mädchentage hatte — dem Zimmer,
wo ſie einmal am Kamin geſtanden und Nathanael
hineingekommen war und ihr den erſten zitternden,
durchſchauernden Liebeskuß gegeben.

Sie ſtand jetzt ganz in derſelben Haltung da.
Erinnerte ſie ſich jenes Augenblickes? Träumte ſie
in dieſem ſchattigen Winkel, in welchen einzelne Licht=
blicke und Bruchſtücke der Converſation aus dem
andern Zimmer hereinfielen, von jenen alten Zeiten
— alten Zeiten, obſchon ſeitdem kaum drei Monate
vergangen waren? Ja, ſie träumte davon, und o!
mit welchen widerſtreitenden Empfindungen!

Und als ſie einen Tritt hörte — ihr Gehör
war jetzt ein ſehr leiſes — drehte ſie ſich um und

gedachte sie, ihren Geliebten zu sehen, der doch so
wenig geliebt ward? Ach, ohne die Augen empor-
zuheben, fühlte sie, daß die Nähe nicht mehr die ihres
schüchternen jungen Anbeters war, sondern ihres
Gatten.

Nathanael trat ein, und zum ersten Male seit
jener furchtbaren Minute, wo sie ihn verließ, waren
der Gatte und die Gattin allein. Nicht ganz —
denn er hatte die Thür weit offen gelassen — mit
Absicht, dachte sie.

Sie sah, wie Mary mit ihrem Vater Schach
spielte, und wie Eulalia auf dem Sopha zurückge-
lehnt saß, und dann und wann mit müſſiger Neu-
gier in das kleine Zimmer lugte.

Es war beleidigend. Warum, wenn er kam,
um versöhnende Worte zu sprechen, ließ er seine
ganze Familie einen Blick in die Geheimniſſe thun,
welche zwischen zwei Perſonen, aus welchen die Ehe
eine gemacht hat, ſtreng heilig ſein müſſen? Wenn
er nur die Thür geſchloſſen hätte! Oder wenn
ſie es hätte thun und ihm dann um den Hals oder
auch zu ſeinen Füßen weinen können, denn dieſer
wahnſinnige Wunſch erfüllte ſie einen Augenblick
lang — ſie war bereit, Alles zu thun, um Verzeihung und Frieden von ihm zu erlangen.

„Agathe, haſt Du jetzt Zeit?“ fragte er.

Wie hätte sie träumen können, eihen solchen Ton durch einen Thränenstrom beantworten zu wollen, oder einen Hals zu umschlingen, der sich mit so marmornem Stolze emporrichtete. Es war unmöglich!

„Ich habe Zeit, Mr. Harper," entgegnete sie.

In einer solchen Krisis und zwischen zwei solchen Charakteren kann das Schicksal eines ganzen Lebens von dem ersten Worte abhängen. Das erste Wort war gesprochen und beantwortet.

Agathe wendete sich wieder nach dem Feuer herum, und ihr Gatte trat in den Schatten.

Entweder war es Einbildung oder die Wirkung einer natürlichen Berührung. Das eine Gesicht schien zu flammen, das andere dunkler zu werden — plötzlich, hoffnungslos — wie wenn der letzte Schimmer Licht von einer Wand hinweg schwindet.

„Kannst Du einige Augenblicke mit mir sprechen?"

„Ja wohl. Soll es hier geschehen?"

„Ich glaube."

Agathe setzte sich, strich ihr Kleid glatt und hielt ihre gefalteten Hände fest auf die Kniee, damit er nicht sehen sollte, wie sie zitterten.

Nathanael hob wieder an. Sein Ton war sanft, obschon es ihm jetzt an jenem Wohlklange fehlte, der sonst allen tiefen, langsamen Stimmen eigen zu sein pflegt und sich in der seinigen ganz besonders merkbar machte.

„Ich glaube," sagte er, — „obschon durchaus Nichts gegen Deinen Willen entschieden werden soll, daß in Anbetracht aller Dinge es am besten sein wird, wenn wir unser Verweilen im Hause meines Vaters so viel als möglich abkürzen."

„Ja, ja," antwortete sie nach einer langen Pause und kaum hörbar.

„Ich ritt deßhalb diesen Nachmittag nach King-combe und hörte, daß wir das Haus nächsten Sonn-abend beziehen können. Heute ist Donnerstag —"

„Wirklich? Ach ja, ganz richtig! Ich bitte um Entschuldigung. Sprich weiter."

„Wenn es Dir angenehm und passend ist, so glaube ich, es wird am besten sein, wenn wir die Sache so arrangiren. Ich habe meinem Vater schon gesagt, daß wir nächsten Sonnabend sein Haus ver-lassen werden. Bist Du damit einverstanden?"

„Vollkommen."

„Nun, dann ist die Sache abgemacht. Nächsten Sonnabend Abend ziehen wir ein und sind dann daheim."

Daheim! Ihr erstes Daheim! Was für ein Daheim war es! Besser glaubte sie, wäre es, wenn

er sie verstieße, oder sie sich von ihm losrisse und
weit, weit hinwegzöge — lieber eine offene Trennung
als die Heuchelei eines solchen Beisammenseins!

„Daheim!" rief sie. „Das ist es nicht — wir
ziehen in kein Daheim."

„Nun, dann in ein Haus — nenn' es wie Du
willst. In Dein Haus, von welchem wir blos
sagen wollen, es sei mein. Deine Bequemlichkeit"
— er stockte ein wenig — „muß stets die erste Rücksicht Deines Gatten sein."

„Meines Gatten," wiederholte sie fast kreischend,
und die alte Anwandlung von grimmigem Gelächter
bemächtigte sich ihrer wieder.

In diesem Augenblicke sah man Eulalien's neugierige Augen sich dem kleinen Zimmer zuwenden.
Nathanael stellte sich aber so, daß seine Gattin gedeckt
ward.

„Still, still!" sagte er bekümmert, ja fast mit
einem Grade von Mitleid, „still, Agathe, wir sind
vermählt. Zwischen uns Beiden muß unter allen
Umständen Ehre und Schweigen herrschen."

Der Ton und die Geberde, womit er dies sagte,
waren so feierlich und so frei von Bitterkeit oder
Zorn, daß Agathens Zorn dadurch zum Schweigen
gebracht ward. Sie empfand eine gewisse Scheu,
wie vor dem Anblicke des Angesichts eines Todten,

dem im Leben bitteres Unrecht geschehen, der sich aber jetzt blos durch die Hoffnungslosigkeit seines stummen fortwährenden Lächelns rächt.

Sie stand daher unbeweglich da und stierte in das Feuer, und zupfte mit zitternden Fingern an ihrem Gürtelbande. Eulalia konnte immerhin neugierige Blicke herüberwerfen.

„Es war auch noch Etwas," hob Nathanael wieder an, „was ich Dir zu sagen wünschte, ehe ich es der übrigen Familie sage. Ich habe morgen Geschäfte in Weymouth, und — wenn —"

„Nun? Ich höre."

„Wenn — wenn ich heute Abend hinüber- ritte —"

„Thue es."

Es war ein leises, rasches Wort — eine bloße Bewegung der Lippen — und doch war es ein Ausspruch des Schicksals.

Ohne weiter Etwas zu sagen, ging Nathanael langsam zurück in das Gesellschaftszimmer, und Agathe setzte sich allein am Kamine nieder.

Sie hörte, wie die Andern plauderten — sich beschwerten — sie hörte auch ein oder zwei Mal den lockenden, überredenden Ruf „Agathe!" aber sie rührte sich nicht.

Dann ward auf einmal hastig in die Klingel

geriſſen, und der alte Squire befahl in verdrießlichem
Tone, Mr. Locke Harper's Pferd vorzuführen, und
behauptete dabei, es ſei eine ſchöne Nacht und der
Mond müſſe ſchon aufgegangen ſein.

Dann öffnete und ſchloß ſich die Thür des Ge-
ſellſchaftszimmers.

Nein — er war nicht fort — nicht ohne ihr
Lebewohl zu ſagen. Ganz gewiß ſetzte er die Rück-
ſicht gegen ſeine Gattin nicht ſo weit aus den Augen.
Sie hörte, wie draußen ſein Tritt die Treppe herauf-
kam, langſam und an jeder Stufe pauſirend. Sie
ſchlich ſich leiſe an die entferntere Thür — hinter
den Vorhang — und horchte.

„Agathe! Wo iſt ſie denn hin?" fragte Mary,
indem ſie nachläſſig in das dunkle Zimmer ſchauete.

„O, die iſt natürlich mit ihrem Manne hinauf-
gegangen!" bemerkte Eulalia. „Bedenke, daß ſie von
einander Abſchied zu nehmen, ſich zu küſſen und eine
Menge Thränen zu vergießen haben. Ich wundere
mich, daß ſie nicht darauf beſtand, mitzureiten und
um Mitternacht zurückzukehren, wie Nathanael wahr-
ſcheinlich thun wird. Was ſoll aus dieſen übertrie-
ben zärtlichen Eheleuten nur noch werden!"

Agathe drückte die Hände krampfhaft an die
Wand. Es war ihr faſt zu Muthe, als hätte ſie
Eulalien das Herz ausreißen können — wenn ſie

nämlich ein solches hatte — während in ihrer eigenen Brust mit aller Kraft thätig, zum Heldenmuth eben so bereit wie zur Liebe und Wuth — zu jeder edlen wie zu jeder verbrecherischen That — die Quelle aller Thaten ihres Geschlechtes lebte — jene Trieb= feder des ganzen Frauenlebens — das verhängniß= volle Frauenherz.

Sie wartete, bis sie Nathanael die Treppe her= unterkommen hörte, und dann, als er in das Ge= sellschaftszimmer zu seinen Schwestern ging, schlüpfte sie durch die kleine mit einem Vorhange versehene Thür hinaus in die Halle.

Hier blieb sie, bis die Uebrigen kamen. Die Schwestern gaben Nathanael das Geleit, und der alte Squire folgte ebenfalls, um zu sehen, ob sein Sohn auch das beste und zuverlässigste Pferd für einen Nachtritt bekäme.

Dieser Ritt war übrigens, wie er ziemlich spitz bemerkte, ein durchaus unzeitiger, und ward nur dadurch entschuldigt, daß er im besondern Interesse Anna's Valery unternommen ward.

„Agathe — wo hat Agathe sich denn versteckt?" sagte Mary. „Sie sollte ihren Gatten keine Minute warten lassen."

„Das thut sie auch nicht," sagte die kleine Ge= stalt, indem sie weiß gekleidet aus einem Winkel der

Halle hervortrat und wie ein Geist im Mondscheine dastand. „Gute Nacht — gute Nacht.“

Sie warf ihm gewissermaßen ihre Hand zugleich mit denen der andern zu — sie warf sie — gab sie nicht.

Nathanael nahm die Hand, sagte aber nicht gute Nacht. Er sprach überhaupt gar nicht.

„Nun, wollt Ihr einander denn nicht umarmen, wie man es auf dem Theater sieht? Laßt Euch durch Mary und mich nicht stören,“ sagte Eulalia, und trat mit ihrer Schwester ein wenig von dem jungen Paare zurück.

Mr. Harper neigte sich kalt über die im Schatten ihres üppigen Haares verborgene Stirn seiner Gattin.

„Nein, nein; nicht das!“ flüsterte Agathe, vor seiner Berührung zurückbebend. „Das niemals wieder!“

Er öffnete die Thür der Halle — sagte weder Vater noch Schwestern Lebewohl, schwang sich auf sein Pferd und verschwand.

„Agathe, Agathe, wo willst Du denn hin?“ rief Eulalia. „Er ist ja schon ein ganzes Stück die Straße hinab. Komm' herein! Wird es Dir denn gar so schwer, ein paar Stunden allein zu sein?“

„O nein! o nein!“ antwortete Agathe, und

kehrte mit ihren Schwägerinnen in das Gesellschaftszimmer zurück.

Allein! Dieses Wort, gegen welches sie prote-
stirt, tauchte empor wie ein Geist — überall — im
ganzen Hause. Alle Zimmer kamen ihr vor wie
leer und fremd.

Rasch und eifrig schwatzten die Misses Harper,
und dennoch war Alles rings umher todtenstill. Es
herrschte jenes Schweigen, welches wir in einem
Hause fühlen, aus welchem eine Stimme und ein
Schritt gegangen ist, den Niemand vermißt als wir,
und den wir vermissen wie wir das Tageslicht oder
die Sonne vermissen würden.

Als Alles ruhig war und Agathe in ihrem
Zimmer saß — Nichts erwartend, denn sie wußte,
daß er nicht kommen würde — aber immer noch
sitzend, während ihr Haar um sie herumfiel und
ihre Augen feucht sich auf den Spiegel hefteten, um
in diesem Gesellschaft zu suchen, während sie zugleich
sich fast zu fürchten anfing, als ob es ein fremder
Gegenstand wäre, auf den sie blickte, dann erst
herrschte wirkliches, absolutes Schweigen — dann
war sie in der That allein.

Fünftes Kapitel.

————

Nathanael kam nicht bis Mitternacht nach Hause, wie seine Gattin ohnehin schon überzeugt war, obschon sie in Folge der eitlen Hoffnung, welche Eulaliens Worte in ihr erweckt, am Fenster saß, bis die Sterne in der Morgendämmerung erblichen.

Gegen Mittag — es dauerte lange, ehe er kam, und jede Stunde schien ein Tag zu sein — fand Mr. Dugdale sich mit einem Auftrage ein, den er in Folge eines ganz besondern glücklichen Zufalls ein Mal nicht vergessen hatte auszurichten, nämlich daß Nathanael von Weymouth nach Kingcombe zurückgekehrt sei und dort warte.

Nur mit Mühe nahm Agathe aus den weitern Worten ab, daß sie, dem Wunsche ihres Gatten zufolge, Mr. Dugdale auf seinem Rückwege begleiten solle.

„Ich gehe nicht mit," sagte sie.

„So ist's recht. Ich thäte es auch nicht," sagte Eulalia mit eben nicht dem gutmüthigsten Gelächter. „Ich würde mich nicht wegholen lassen wie ein Schulmädchen. Nathanael mag nur selbst kommen und Dich holen. Wie unhöflich er ist!"

„Eulalie!" rief Agathe, „Du vergissest, daß Du von Deinem Bruder und meinem Gatten sprichst! In fünf Minuten werde ich bereit sein, Mr. Dugdale."

Duke hob seine sanften, aber Alles beobachtenden Augen auf und lächelte.

„So ist es recht," sagte er. „Komm' nur mit, mein Kind."

Noch nie hatte er so freundlich zu ihr gesprochen. Es war, als wenn er ihre Gemüthsunruhe erriethe. Ihr Zorn schwand hinweg — sie war nahe daran, in Thränen auszubrechen. Nach einer kleinen Weile ergriff sie den Arm des guten Mannes — obschon Eulalie ihr in ziemlich spitzen Worten bemerklich machte, daß dies in Kingcombe nicht Mode sei — und ging mit ihm fort, um mit ihrem Gatten zusammenzutreffen.

Marmaduke sprach nur wenig. In nachdenklicher Stimmung schritt er gemächlich entlang und überließ es seiner jungen Schwägerin, seinem Beispiele zu folgen. Ein oder zwei Mal fühlte sie, wie er einen verstohlenen freundväterlichen Blick auf sie warf, und hörte ihn die Worte murmeln, mit welchen er gewöhnlich jede geistige Schwierigkeit abfertigte:

„Ja, ja; wir wissen Nichts! Niemand weiß Etwas. Mit der Zeit aber wird Alles klar."

An den ersten Häusern der Stadt sah sie Nathanael, der ihnen, wie es schien, entgegen kam. Er war noch weit entfernt. Ihr Herz hüpfte bei dem ersten Anblicke der langen schlanken Gestalt und des blonden Haares; als er aber näher kam, marschirte sie mit festem Schritt. Ihre Augen senkten sich und ihr Mund kniff sich zusammen.

Er kam heran, reichte ihr schweigend seinen Arm und sie nahm denselben eben so schweigend.

Mr. Dugdale und Nathanael begannen sofort mit einander zu sprechen, und Agathe brauchte daher weiter Nichts zu thun als ihren Weg fortzusetzen und zu überlegen, wo sie war und welches Benehmen sie einzuhalten hätte.

Vor allen Dingen versuchte sie diese abwechselnden Stürme des Zornes und Windstillen der Verzweiflung zu unterdrücken und sich nicht zu benehmen wie ein gereiztes Kind, sondern wie ein vernünftiges Weib — wie ein Weib, welches im Grunde genommen vielleicht schwer gekränkt worden.

Zuweilen versuchte sie, dies zu erwägen — sich, was alle Mal so schwer ist, die anfängliche Ursache des Zwistes, die kleine Wolke, welche diesen Sturm herbeigeführt, in's Gedächtniß zurückzurufen — aber Alles war wie ein unentwirrbares Labyrinth.

Es dauerte nicht lange, so verkündete ihr Nathanael's Schweigen, daß sie mit ihm allein war. Mr. Dugdale hatte sich entfernt und man sah ihn nur eben noch, wie er sich unter eine Gruppe Marktpolitiker mischte. Arm in Arm schritten die beiden Eheleute durch die Gasse. Agathe zog ihren Schleier herunter und faßte den Arm ihres Gatten fester — er war ihr Gatte und vor den Augen der Welt wollte sie ihre Ehre aufrecht erhalten.

Sie fühlte, wie viele neugierige Augen sie von den Fenstern der Häuser aus beobachteten — wie viele klatschsüchtige Zungen über das Aussehen und Benehmen Mr. Locke Harper's und seiner jungen Frau ihre Bemerkungen machen würden.

„Wollen wir jetzt das Haus ansehen oder willst Du lieber erst meiner Schwester einen Besuch machen?" fragte Nathanael.

„Nein, wir wollen sogleich hingehen," entgegnete Agathe.

Ruhig — mechanisch — besahen die beiden jungen Eheleute ihre künftige Heimath, die zum

Beziehen beinahe fertig war. Es war jetzt kein armseliger Aufenthalt, denn Mr. Wilson's Ausstattung war durch verschiedene Dinge der Bequemlichkeit und des Luxus vermehrt worden. Agathe bewegte sich blos umher und versuchte ihre Stellung in den Augen der Arbeitsleute zu behaupten, welche sie in dem Hause herumführten, und blieb eine Minute stehen, um freundlich mit der Magd zu sprechen, die schon hier installirt war, und welche, indem sie ein Dutzend ehrerbietige Knixe machte, bemerkte, sie sei die Tochter von Master Nathanael's Amme.

Alles schien wie von unsichtbaren Händen für Mistreß Harper's Bequemlichkeit eingerichtet zu sein.

Sie fragte aber nicht darnach, ja dachte nicht einmal daran, wer der Urheber von all' Diesem sei. Sie konnte nicht glauben, daß sie sich hier in ihrer Häuslichkeit befände — in ihrer Häuslichkeit als Hausfrau — es war ihr, als ob sie jede Minute erwachen und sich als Agathe Bowen in ihrer alten Wohnung in Bedford Square erkennen und alles Andere sich in einen Traum auflösen würde.

„O, daß dem so wäre!" seufzte sie bei sich selbst, „o, daß ich niemals — "

Hier that sie sich Einhalt — daß sie niemals
10*.

Nathanael kennen gelernt., konnte sie doch nicht wünschen.

Sie verließen das Haus und gingen hinaus auf die Gasse, denn Stadt und Land flossen in dem winzigen Kingcombe in einander.

Mr. Harper schloß das Gartenpförtchen und blickte zurück auf das kleine Haus. Es zitterte ein unruhiger Schimmer in seinem Auge und seine Brust hob sich einige Augenblicke lang gewaltsam. Dann legte er mit strenger Beobachtung des äußern Anstandes den Arm seiner Gattin in den seinigen und sie gingen weiter.

Am Ende der Oststraße begegneten sie Harriet Dugdale — die Dugdale's schienen stets in Kingcombe umherzuwandern, um Eins das Andere zu suchen und dann und wann an ganz sonderbaren Ecken und Enden aufzutauchen.

„Da seid Ihr ja Beide! Ich suchte meinen Mann. Hat Jemand Duke gesehen? O, wo um's Himmels willen ist Duke denn hin? Er sagte, er würde in fünf Minuten wieder da sein — was bei ihm fünf Stunden bedeutet."

„Ich verließ ihn auf dem Markte."

„Das war vor einer Stunde. Seit dieser Zeit ist er zwei oder drei Mal zu Hause gewesen. Glaubt Ihr denn, er könne eine ganze Stunde ohne mich existiren? Ha, da kommt er! Wartet — ich will ihn abfangen."

Er ward auch wirklich „abgefangen" und als Gefangener von seiner muntern Gattin herbeigeführt, die ihn nicht wieder losließ, damit er nicht etwa wieder entschlüpfen und sich in den geheimnißvollen Wahlmännergruppen verlieren möchte, welche sich in der Stadt herumtrieben.

„Harriet — nur einen Augenblick laß mich gehen! — ich komme sogleich wieder!"

„Nein, durchaus nicht. Anna hat sagen lassen, daß sie Dich sofort zu sprechen wünsche — Dich und Nathanael. Du gehst doch mit, Bruder?"

„Wohin?"

„Nach Thornhurst, um dort Mr. Trenchard und einige andere Leute zu treffen. Ihr müßt Euch sofort auf den Weg machen."

Nathanael warf einen Blick auf seine Gattin, welche seinen Arm losgelassen hatte — nicht in auffälliger Weise, aber doch als ob es ihr so willkommen wäre.

„Wie? Du willst doch nicht allein zurückbleiben, liebe Agathe?" rief Harriet lachend. „Ein so furchtbares Opfer verlangt Niemand. Glaubst Du, Anna werde Ehemänner ohne ihre Weiber einladen? Wir gehen Alle zusammen — wenn Du nämlich damit einverstanden bist, Agathe."

„O ja, recht gern," entgegnete Agathe. Ihr war es ja vollkommen gleich, wohin sie ging und was sie that.

Somit machten alle Vier sich auf den Weg in einem jener unnachahmlichen Fuhrwerke, die man in dortiger Gegend „Hundekarren" nennt und die jede Möglichkeit zum Verunglücken zu bieten scheinen, entweder dadurch, daß man dem Pferde über den Kopf hinweg geschleudert wird, oder daß man unter die Räder geräth oder hintenüberpurzelt.

„Wo willst Du sitzen, liebe Agathe?" fragte Harriet. „Neben Deinem Manne, nicht wahr? Der meinige fährt."

Agathe antwortete dadurch, daß sie neben Mr. Dugdale auf den Bock hinaufsprang und dabei in scherzendem Tone meinte, Ehemänner seien so gut wie gar keine Gesellschaft. Die melancholische An-wandlung war vorüber und sie befand sich jetzt in der Stimmung eines Verzweifelnden.

Sie fuhren rasch entlang. Marmaduke war ein tollkühner Rosselenker. Zuweilen glaubte Agathe ganz gewiß, er werde sie umwerfen. Sie fragte aber wenig darnach. Sie befand sich in dem Zustande von Aufregung, wo die äußerste Gefahr sie nur zum Lachen gereizt haben würde.

Als sie unter den drei Hügeln vorüberkamen und an dem alten, schweigsamen grauen Schlosse, durch dessen Spalten und Fensteröffnungen das Tageslicht hindurchschien, hinaufblickten, drehte sie sich herum und machte Harriet den Vorschlag, den grünen Abhang hinaufzuklettern und sich dann herunterzukollern.

„Wie, Kind!" rief Duke Dugdale, indem er seine sanften, wohlwollenden Blicke auf das erröthende Gesicht an seiner Seite wendete. „Versuche das ja nicht, liebe Agathe. Wer einmal bergab rollt, kommt nicht eher zum Stillstand als bis er ganz herunter ist. Es ist in der Welt stets so."

Agathe lachte noch lauter. Sie wünschte, daß ihr Gatte hören möchte, wie aufgeräumt sie wäre. Sie plauderte unaufhörlich mit Mr. Dugdale oder Harriet, und hielt sich sehr aufrecht und gerade, damit Nathanael, der hinter ihr saß, auch nicht einmal die Berührung ihrer Schulter fühlen möchte — sie, die bis jetzt so gleichgültig gegen Jedermann in ihren Zuneigungen und Abneigungen gewesen — sie hatte früher noch nie so seltsame Gemüthsbewegungen empfunden. Und doch lag in all' Diesem ein dämonischer Reiz. Es war als wenn Jemand zum erſten Male erfährt, was Durſt iſt, und Feuer trinkt, weil er auf jeden Fall trinken muß.

Und bei all' ihrem Zorne ſchienen ihr Herz, ihr Kopf und ihre Sinne von einem Zauber umfangen zu ſein, der ihr niemals auch nur einen Augenblick geſtattete, aufzuhören, an ihren Gatten zu denken.

Jede Bewegung, die er machte, jedes Wort, welches er ſprach, fühlte und hörte ſie ganz deutlich.

Der Weg ward allmählig ein für Agathen unbekannter. Sie kamen durch einen Landſtrich, der wildromantiſcher und eigenthümlicher war als irgend einer, den ſie bis jetzt in Dorſetſhire geſehen. Es war ein Weg, der durch mit Haidekraut bewachſene Höhen gebahnt war und von wo man die Ausſicht auf tiefe, ſteile Thäler hatte, welche ausſahen wie das Bett ausgetrockneter Seeen oder Buchten. Große Steine lagen hier und da auf dem wellenförmigen Boden, die Vegetation hörte faſt ganz auf — ſelbſt Schafe wurden rar, und ſo wie man auf ein höheres Terrain kam, wehte ein ſcharfer, ſalziger Seewind. Meilenweit war kein menſchliches Weſen zu ſehen.

„Hier iſt das Thor. Ich will es öffnen. Nun kommen wir in Anna Valery's Beſitzthum," ſagte Harriet, indem ſie von dem Wagen herab- und wieder hinaufſprang und ſich über Nathanael's Zerſtreutheit moquirte.

„Welch' eine Veränderung!" rief Agathe. „Solche Bäume habe ich in Dorsetshire noch gar nicht gesehen."

„Sie scheinen in der That ausdrücklich für Anna gewachsen zu sein. Ihr Großvater baute Thornhurst. Er wählte einen seltsamen öden Platz dazu, aber es ist etwas ganz Herrliches und Schönes geworden. Da, schau' nur!"

Die Straße mündete in eine halbrunde grüne Ebene, die fast auf künstliche Weise unter den Hügeln angelegt zu sein schien und ringsherum mit einem schützenden Bollwerk von Bäumen — Linden, Kastanien, Eichen — bepflanzt war, die immer höher und höher stiegen, bis endlich auf dem Gipfel der Höhen, wo der Seewind sie faßte, weiter Nichts mehr wuchs als die ewige Fichte. Am Rande dieses Halbkreises stand das Haus mit dieser grünen Ebene davor, während dahinter eine weite Fläche sich streckte, wo die Fluth, meilenweit in's Binnenland eindringend, seltsam geformte Seeen und breite Flüsse bildete, die jetzt in der Nachmittagssonne schimmerten.

„Anna muß stets in der Nähe des Meeres sein. Ich glaube nicht, daß sie auch nur hier wohnen bleiben würde, wenn sie nicht wüßte, daß sie den Kanal sehen kann, wenn sie diese Felsen ersteigt. Sie hat eine förmliche Oceanmanie."

„Ich werde sie ihr ablernen. Ich brauche auch eine bequeme kleine Manie," sagte Agathe. „Wie wäre es, wenn ich meinen alten Groll gegen das Meer überwände und aus Haß in Liebe verfiele, oder aus Liebe wieder zurück in Haß — wie manche Leute thun."

„Was für ein komisches Geschöpf Du doch bist!" sagte Harriet.

„Ja, sehr komisch," entgegnete sie. „Wartet, bis das Pferd ruhig steht, dann will ich einen Sprung hinunter thun — gerade wie Jemand, der —"

„Halt, Agathe!" rief Nathanael, und sie fühlte, wie er sie beim Arme faßte. Es war das erste Mal, daß er sie berührte oder anredete, seitdem sie King-combe verlassen. „Spring' nicht hinab. Es ist nicht gerathen. Bleib' sitzen, bis ich Dich herunter hebe."

„Ich brauche Deine Hilfe nicht," sagte Agathe.

„Ich bitte um Entschuldigung," entgegnete er, „Du brauchst sie. Du bist an diese Art Wagen nicht gewöhnt."

„Tritt auf die Seite — ich will hinunter springen," rief sie, gereizt durch den Widerspruch, so unbedeutend er auch war, aber genug, um die Verschiedenheit der beiden Gemüther zu veranschaulichen. „Tritt auf die Seite," wiederholte sie, indem sie sich

vorwärts lehnte, mit funkelnden Augen, schwindlig
und in so großer Verwirrung, daß sie in wirklicher
Gefahr schwebte, — „wir wollen doch sehen, wer
nachgiebt!"

„Ist das Dein Ernst?" flüsterte Nathanael.

„Ja, mein völliger Ernst. Mach' Platz!"

„Das würde ich thun, wenn es sich um ein
bloßes Spiel handelte; wenn ich aber mein Weib
im Begriff sehe, eine Tollheit zu ihrem eigenen Nach-
theile zu begehen, so thue ich ihr Einhalt — und
zwar auf diese Weise."

Sich auf den Wagentritt stellend, faßte er die
kleine Gestalt in seine Arme — fest — seltsam fest.
Ehe Agathe noch Widerstand leisten konnte, hatte er
sie wohlbehalten herabgehoben und ließ sie dann frei.

Sie stand willenlos — erstaunt da. Was lag
in diesem festen Willen, in diesem plötzlichen Ergreifen,
daß sie darüber Etwas fühlte, wovon sie nicht wußte,
ob es Zorn war?

Nein, Zorn war es nicht, obschon ihre Wangen
glühten und ihre Brust sich hob. Wie kam es, daß,
als Nathanael weiter auf das Haus zuging, seine
Gattin ihm mit einem solchen Gemisch von Zuneigung und Widerwillen nachsah? Worin konnte die
seltsame Gewalt liegen, die ihm den Vorrang vor
ihr gab, die sie, ohne daß sie es wußte, das Ge-

heimniß lehrte, in deſſen Folge der Mann herrſcht und das Weib gehorcht?

Sehr nachdenklich — und ohne auf Harriet's lautes Gelächter über den „ausgezeichneten Spaß" zu lachen, ließ Agathe ſich von ihrer Schwägerin weiter führen.

„Na, Kind, mach' kein ſo ernſtes Geſicht, die Männer wollen einmal ihren Willen haben — beſonders Ehemänner. Der meine findet ſo wenig Gehorſam wie irgend einer, dann und wann aber, wenn es zur Sache kommt" — hier machte Harriet ein für ſie ganz erſtaunlich ernſtes Geſicht — „muß ich ihm doch nachgeben und finde dann in der Regel, daß er Recht hat."

Wie traf doch jedes Wort des einen glücklichen Weibes gleich einem Dolche das Herz des andern! Ein Schild war aber nicht vorhanden. Hier waren ſie in Anna Valery's Hauſe und mußten als heitere Gäſte erſcheinen, beſonders der neueſte Gaſt, die junge Frau.

Agathe verſuchte, und zwar mit Erfolg, ihre Rolle zu ſpielen — das Unglück ſchafft ſo vollendete Heuchler.

„Iſt das nicht ein großes Haus für ein lediges Frauenzimmer?" fragte Miſtreß Dugdale, als ſie mit Agathen die Treppe hinauf ging. „Und dennoch weiß Anna es stets zu füllen, besonders im Sommer. Die Dutzende kranker Freunde, welche dann bei ihr verweilen, sollen durch die Seeluft curirt werden, und außerdem finden sich noch eine Menge junge Leute ein, die in den grünen Gängen den Garten hinab mit einander liebeln! Wenn aber keine Gesellschaft da ist, dann ist das Haus langweilig und schweigsam — wie jetzt."

Es war allerdings sehr schweigsam, obschon nicht in Folge der Verödung, welche oft über einem großen dünnbewohnten Hause brütet. Das Zimmer — Anna's Schlafzimmer — lag westlich und es fiel noch ein beträchtlicher Sonnenschein hinein. Einige verspätete Bienen summten um das offene Fenster herum, angelockt vielleicht durch den federigen Saamen der Waldrebe, welche schon längst aufgehört hatte zu blühen. Ein anderer Laut war nicht zu vernehmen. Viele schöne Kupferstiche aber, einige gemalte Portraits und mehrere weißschimmernde Statuetten schienen, so wie die Sonne sie traf, das Schweigen durch stumme Sprache zu unterbrechen.

„Wie gefällt es Dir hier, Agathe?" fragte Harriet. „Ein großer Contrast gegen unsere Zimmer. Ich kann nicht begreifen, was diese Bilder und Gypsfiguren nützen sollen — wo Kinder sind, sind sie alle Mal im Wege. Anna ist aber einmal eine so ganz erpichte Freundin von niedlichen Dingen. Sie sagt, sie leisteten ihr Gesellschaft. Kein Wunder! Einer einsamen alten Jungfer muß zuweilen die Zeit sehr lang werden."

„Wirklich? Dann freu't sie sich um so mehr, ihre Gäste zu sehen," rief eine angenehme Stimme, während zugleich ein seidenartig raschelnder Schritt sich vernehmen ließ, der nach Agathens Meinung stets wie Tageslicht in ein dunkles Zimmer zu treten schien — und Miß Valery kam, ihre Gäste zu bewillkommnen.

Sie redete erst Agathen und dann Harriet an, welche für den Augenblick doch ein wenig verlegen geworden war. Es gehörte mehr als eine Kleinigkeit dazu, um den Gleichmuth der ehrlich und offen mit der Sprache herausgehenden Harriet Dugdale zu stören.

„Mein Himmel, Anna," rief sie, „wie leise Du gehst! Der Horcher an der Wand u. s. w., Du kennst das Sprüchwort! Du könntest aber an jeder Thür in Dorsetshire horchen und nie etwas Schlimmeres von Dir hören als ich so eben sagte."

„Ich danke Dir. Wenn ich ein gutes Attest brauche, so hole ich es mir ganz gewiß bei Harriet Dugdale," antwortete Anna lachend. „Und wie steht's mit der kleinen Frau, die ich jetzt zum ersten Male in Thornhurst willkommen heiße?"

Mit diesen Worten legte sie, wie sie oft zu thun pflegte, ihre Hand auf die Schulter ihres Lieblings und begann mit den braunen Locken zu spielen.

„Hast Du Dich, seit ich Dich das letzte Mal sah, immer wohl und glücklich befunden?" setzte sie hinzu.

Die so einfache, von der innigsten Theilnahme eingegebene Frage schnitt Agathen in die Seele. Ach, wie viel hatte sich ereignet, seitdem sie in Schloß Corfe auf der steinernen Bank gesessen und mit Anna Valery die Aussicht betrachtet hatte! Wie wenig wußte Anna oder sonst Jemand, daß sie elend war — dem Wahnsinn nahe — daß sie sich und die ganze Welt haßte — daß sie an nichts Gutes, nichts Heiliges mehr glaubte — nicht einmal an die Person, welche jetzt zu ihr sprach! Die Worte, das Lächeln schienen die spöttische Heuchelei einer Person zu sein, welche sie überredet, zu heirathen, und die im Voraus das klägliche Ergebniß dieses übereilten Schrittes gekannt haben mußte. Dieser Gedanke verstockte ihr Herz selbst gegen Anna Valery.

Sie schlug ein gellendes Gelächter auf.

„Ob ich glücklich bin! Siehst Du denn das nicht? Du bist besser als sonst Jemand im Stande, Deine eigene Frage zu beantworten."

Und mit diesen Wörten verließ sie das Zimmer.

Anna sah ihr nach, gedankenvoll, beinahe wehmüthig. Vielleicht war sie daran gewöhnt, daß
ihre Lieblinge ihr entschlüpften und gleichgültig
hinaustanzten in die lustige Welt. Sie machte
keinen Versuch, Agathen zu folgen, sondern ging
voran die Treppe hinab in das Gesellschaftszimmer.

„Mr. Trenchard," sagte sie, „erlauben Sie mir,
Sie meiner Freundin Mistreß Locke Harper vorzu-
stellen."

Indem Miß Valery dies sagte, schlüpfte ein zier-
licher, kleiner, stutzerartiger ältlicher Herr unter den
Händen Duke Dugdale's hinweg — den großen
eifrigen Händen, die ihn im Eifer einer politischen
Beweisführung fest gepackt hatten — und schien,
wie seine rasche Verbeugung bewies, es sehr gern zu
sehen, der jungen Frau, die so kürzlich erst in die
Grafschaft gekommen, sein Kompliment machen zu
können.

Mr. Trenchard besaß nämlich, abgesehen von
der wunderbaren Macht seiner Candidatur, auch
noch den Vorzug, daß er aus einer sehr alten Familie
in Dorsetshire stammte.. Dabei war er augenscheinlich
ein Elegant — einer jener harmlosen Anbeter des
ganzen weiblichen Geschlechts, auf welche der Einfluß

einer liebenswürdigen Frau sich noch im höchsten Alter geltend macht.

Agathe sah ihm auf den ersten Blick an, daß er sie bewunderte, und befand sich in jener stolzen, verzweifelten Stimmung, wo ein Weib bereit ist, die Aufmerksamkeiten oder Conversation irgend Jemandes festzuhalten, wäre dieser Jemand auch ein bejahrter Herr.

Sie war deßhalb sehr freundlich gegen Mr. Trenchard — ja fast bezaubernd — obschon sie selbst während der ersten zehn Minuten Nichts sah und hörte als ein schwarzes Ding mit weißem Haar, welches ihr von den Schönheiten von Dorsetshire vorschwatzte.

Deutlicher als irgend Etwas, was er sagte, hörte sie, was unter der Gruppe am andern Ende des Zimmers vorging — besonders die Stimme ihres Gatten — so ruhig und tief, alle Mal einen Ton tiefer als irgend eine andere Stimme, und durch die übrigen hindurchdringend wie ein musikalischer Ton. Und sie fand bald, daß Anna ihm ebenfalls zuhörte — sie that dies aber ja stets.

Mr. Trenchard folgte der Richtung, welche die Augen der beiden Damen nahmen, und machte dies in sinnreicher Weise sofort zum Gegenstande seines Gesprächs.

„Ich versichere Ihnen, Mistreß Harper, es ist eine Freude für die ganze Umgegend, daß Ihr Herr Gemahl aus Amerika zurückgekehrt ist. Ich entsinne mich seiner, als er noch ein pures Kind war und sein Onkel ein junger Mann. Und in der That, er hat sowohl in Bezug auf Gesichtszüge als Stimme große Aehnlichkeit mit diesem. Während er so dort steht und spricht, könnte ich mir fast einbilden, es sei Mr. Locke Harper.“

„Mr. Locke Harper,“ wiederholte Agathe. „War das der Name, welchen Onkel Brian führte?“

„Ja, ausgenommen daß es bevorrechtete Personen gab, welche ihn Brian nannten. Es waren aber nur Wenige. Er hatte nicht das Glück oder das Unglück, tausend und einen intime Freunde zu besitzen. Dennoch achteten ihn Alle und gedenken seiner immer noch. Es wird eine wahre Genugthuung für uns sein, wieder einen Mr. Locke Harper im Lande zu haben. In der That, die Aehnlichkeit ist frappant. Bemerken Sie dieselbe nicht, Miß Valery?“

„Eine allgemeine Aehnlichkeit herrscht in der ganzen Familie Harper.“

„Mit Ausnahme des ältesten Sohnes, obschon
ich selbst mit diesem eine Aehnlichkeit aufzufinden im
Stande bin" — und er verneigte sich gegen Mistreß
Dugdale. „Dies erinnert mich, daß ich schon im
Voraus wußte, daß ich wahrscheinlich das Vergnügen
haben würde, Mistreß Harper in Dorsetshire zu be-
gegnen. Vor nur zwei Tagen sprach ich Major
Frederik Harper in Paris."

„Ist Major Harper in Paris?" rief Agathe
begierig, angezogen durch den Namen, der den täglichen Interessen ihres Lebens so schnell entschwunden
war, daß er für sie schon einen völlig fremdartigen
Klang gewonnen hatte. Er berührte sie jetzt wie
ein tröstender Hauch alter Zeiten, wie Etwas, woran
sie in dem weiten, öden Labyrinthe, das sie umgab,
sich halten konnte. Ihr früherer Vormund schien
wieder vor sie zu treten, mit all' seinen heitern,
gutmüthigen Manieren; seinem Mitleid, als sie Waise
geworden, seinem freundlichen Wesen, welches ihm
stets treu geblieben — bis zum letzten Augenblicke.

Von Gefühlen bestürmt, welche ihrer Stimme
einen förmlich zärtlichen Ausdruck gaben, rief sie:

„O, erzählen Sie mir von Major Harper!"

Dies Mal bemerkte sie nicht, daß bei der im
Gange befindlichen politischen Discussion es Mr.
Dugdale war, welcher das Wort führte; denn sein

11*

Schwager hatte das Argument aufgegeben und war schweigsam geworden.

„Madame," entgegnete der Wahlcandidat mit einem Lächeln, vielleicht mit einem etwas allzube= deutsamen — „mit Vergnügen will ich Ihnen Alles erzählen, was ich weiß. Aus seinen begierigen Fragen in Bezug auf Sie und ob ich Ihnen schon in Dorsetshire begegnet wäre, errieth ich, daß er, ehe er Ihr Schwager ward, das Glück gehabt hatte, ein intimer Freund von Ihnen zu sein."

„Er war mein Vormund."

„Von dieser Thatsache hat er mir Nichts mit= getheilt. Allerdings hatten wir auch sehr wenig Zeit zur Conversation. Wir speis'ten blos mit einander und trennten uns fast unmittelbar darauf. Er schien sich mitten in einem Strudel von ange= nehmen Einladungen zu bewegen, wie dies mit Major Harper unabänderlich der Fall ist. Er ist ein herrlicher, liebenswürdiger Mann — und ein entschiedener Günstling aller Damen."

Agathe antwortete ziemlich kalt: „Ja." Ihre Aufmerksamkeit war andern Dingen zugewendet. Sie vermißte den Klang der Stimme ihres Gatten. Im nächsten Augenblicke aber hörte sie ihn hinter sich.

„Mr. Trenchard?"

„Was wünschen Sie, mein werther Herr? Wollen Sie sich vielleicht auch nach Ihrem Bruder erkundigen, den ich, wie ich eben Mistreß Harper erzählt, das Vergnügen hatte, in Paris zu treffen?"

„Ich hörte Sie eben davon sprechen. Wo und wie wohnte er denn?"

Agathe dachte im Stillen, es sei sonderbar, daß Nathanael eine solche Frage in Bezug auf seinen eigenen Bruder an eine dritte Person stelle. Sie freute sich, Miß Valery mit ächtem Takte bemerken zu hören, daß Major Harper in der Regel vergäße, seinen Freunden seine Adresse mitzutheilen.

„Er wohnte — jetzt besinne ich mich — in Nr. 102, Rue —, einer der schönsten und ange= nehmsten Straßen in Paris. Ich entsinne mich auch, daß er sagte, er müsse diese Wohnung auf drei Monate miethen, nach welcher Zeit er den Einsiedler spielen und sparen wolle. Es ist dies aber bei einem Manne von Major Harper's socialen Gewohnheiten etwas sehr Unwahrscheinliches."

„Ja, allerdings," sagte Agathe, weil Mr. Tren= chard sie ansah und eine Antwort von ihr zu erwarten schien. Sie war sehr überrascht, dies von ihrem Schwager zu hören; noch mehr aber wunderte sie sich über das starre Schweigen, womit ihr Gatte diese Mittheilung anhörte.

„Ich glaube, Mistreß Harper," fuhr Mr. Trenchard fort, „wir können mit Sicherheit behaupten,
er werde diesem Vorsatze nicht treu bleiben. Es ist
eine bloße Anwandlung von Misanthropie nach ein
wenig allzuflottem Leben. Einem so angenehmen
Manne wie Frederik Harper muß man es zu Gute
halten, wenn er seinen Entschlüssen nicht alle Mal
treu bleibt."

„Allerdings," sagte Anna Valery mit jener sel-
tenen Sanftheit, welche die Männer veranlaßt, einer
Frau Gehör zu schenken, selbst wenn sie „predigt".
„Es ist eine schwere Prüfung für einen mit so vielen
Gaben ausgestatteten Mann wie Major Harper, in
den Strudel der Welt geschleudert zu werden. Ein
Mann, den alle Männer gern haben und den nicht
wenig Frauen geneigt sind zu lieben, hat in diesem
Falle eine so schwere Probe durchzumachen, daß,
wenn er dieselbe glücklich besteht, er als einer der
größten Helden auf Erden betrachtet werden muß.
Fällt er" — und Anna senkte ihre Stimme so tief,
daß Agathe kaum hören konnte, obschon sie fühlte,
daß Nathanael es hörte — „fällt er, so müssen wir
durch all' sein Unrecht hindurch die Versuchung
deutlich erkennen."

Es war dies eine neue Theorie, und zwar eine
solche, wie Agathe sie von den Lippen eines so streng

moralifchen Wefens, wie fie fich Miß Valery gemalt, am wenigften zu hören erwartet hätte. Sie fagte dies, indem fie mit ihrer gewöhnlichen Geradheit hinzufügte:

„Ich glaubte immer, Du fändeft an Major Harper kein fonderliches Wohlgefallen."

„Wir find aber mit einander aufgewachfen. Doch ftill, liebes Kind, Dein Gatte fpricht."

Er fagte mit ganz veränderten Ausdrucke Etwas von feinem „Bruder Frederik". Nach diefer Erwäh= nung aber fchwand Major Harper's Name aus der Converfation eben fo hinweg wie aus Agathens Gedächtniffe.

Es ift dies das leider nicht feltene Schickfal folcher Major Harpers der Gefellfchaft — es find Meteore, an die man blos denkt, fo lange fie leuchten, und die man vergißt, fobald fie aus= gebrannt find.

Mittlerweile waren die zwei oder drei zufälligen Befucher — wohlhabende, gebildete Landwirthe und Anna's Pächter, wie Miftreß Dugdale flüfterte — verfchwunden und Mr. Trenchard war der einzige Fremde, der noch im Gefellfchaftszimmer zurückblieb.

Miß Valery machte mit bemerkenswerth ein= facher Anmuth die Honneurs ihres Haufes.

„Ich gebe keine großartigen Tafelgesellschaften,"
sagte sie lächelnd zu Mr. Trenchard. „Es ist eine
Grille von mir, niemals zu begreifen, was es
nützen kann, wenn Freunde blos zusammen kommen,
um zu essen und zu trinken, ihnen mehr und kost=
barere Gerichte vorzusetzen als gebräuchlich oder noth=
wendig ist. Wenn Sie aber dableiben und mit mir
und mit diesen meinen Leuten speisen wollen, wie
es auf dem Lande gebräuchlich ist, obschon Sie zehn
Jahre in London gewohnt haben —"

„Aber Dorset und die löblichen Gebräuche von
Dorset habe ich doch nicht vergessen," sagte der alte
Herr, indem er sich über die Hand der Wirthin
neigte. Dann Anna's Winke gehorchend, bot er
Agathen seinen Arm, um sie zur Tafel zu führen —
der unschuldigen, vom Tageslichte erhellten Tafel,
während ächte Theerosen zum Fenster hereinschauten
und ein energisches Herbstrothkehlchen seine gute
Nacht sang, ehe die Sonne unterging.

Agathe hätte fröhlich und heiter sein können
— sie war noch so jung und die Last auf ihrem
Herzen war die erste, welche jemals darauf gefallen
war. Dann und wann mühte sie sich, dieselbe zu
vergessen — es gelang ihr auch beinahe, aber bei
dem ersten Blicke auf das Gesicht ihres Gatten, beim
ersten Tone seiner Stimme kehrte die Last zurück.

Sie stellte sich aber heiterer und ausgelassener als je, damit Niemand errathen sollte, daß sie sich so überaus elend fühlte.

Nach Tische eilte sie, weil sie Anna's Augen fürchtete, mit Harriet Dugdale fort in den Garten, schüttelte ihr Haar zurück und sog förmlich keuchend den kalten Abendwind ein, damit er ihrem Hirn Ruhe und Klarheit bringen möchte. Selbst jetzt noch war es ihr, als träume sie.

Als sie in das Gesellschaftszimmer zurückkehrte, fand sie die Lichter in demselben angezündet. Mr. Trenchard hörte geduldig an, was Marmaduke Dugdale ihm vorschwatzte, und in einiger Entfernung davon saß Nathanael im Gespräch mit Miß Valery.

Anna lehnte sich in einen Armstuhl zurück, und der voll auf ihr Antlitz fallende Schein zeigte, wie bleich und abgezehrt es war. Auch ihre Stimme klang matt, während Agathe die Worte erhaschte:

„In zwei Monaten, glaubst Du? Das ist sehr lange."

„Eher kann es nicht sein, wie Marmaduke sagt. Ich traf ihn am Bord des Schiffes in Weymouth und er theilte mir dieses unschuldige kleine Manöver mit."

„Aber Du wirst es doch —"

„Onkel Brian nicht sagen, nicht wahr? Ganz gewiß nicht. Dennoch aber glaube ich, es würde ihm sehr wohlthun, wenn er wüßte, wie sehr Marmaduke und alle seine Freunde hier sich für ihn interessiren. Wahrscheinlich glaubt er es aber nicht — nach meiner Ansicht hat er es nie geglaubt."

Anna schwieg.

„Er pflegte zu sagen," fuhr Nathanael fort — er saß so, daß er seine Gattin nicht sehen konnte, und hörte auch dieses Mal nicht ihren leisen Tritt auf dem Teppich — „Onkel Brian pflegte zu sagen, es sei am weisesten, weder zu lieben, noch Liebe zu bedürfen. Ich denke anders. Es ist ein grausames, das Herz verstockendes und verbitterndes Bewußtsein für einen Mann, zu wissen, daß ihn Niemand liebt."

„Liebe — Liebe! habt Ihr zwei klugen Köpfe über diese Thorheit mit einander verhandelt? Kann ich die Ehre haben, das Nähere zu hören?" fragte Agathe sich nähernd.

„Wenn Anna darüber sprechen will — ich bin fertig," sagte Nathanael, indem er Agathen seinen Stuhl einräumte und sich langsam nach dem andern Zimmer hinwegbewegte.

Und auf diese Weise wich er ihr fortwährend aus und entging dadurch der Möglichkeit, verwundet oder geheilt zu werden.

Agathe war außer sich. Mit all' ihrer Macht stürzte sie sich in die Conversation mit Mr. Trenchard, und versuchte das Verbum kokettiren — ihrem unschuldigen Gemüthe bis jetzt ein Geheimniß — zu conjugiren.

Sie wünschte sich schön hassenswerth — bezaubernd ruchlos zu machen, oder vielmehr, sie fragte nicht darnach, wozu sie sich machte, dafern es ihr nur gelang, ihn — der jetzt in ihren Gedanken zu der Namenlosigkeit herabgesunken war, welche beweis't, daß dieser eine Name die ganze Welt erfüllt — von der Gebirgshöhe unerschütterlicher Ruhe herabzuziehen, Reue in ihm zu entzünden und ihn zur Eifersucht aufzurütteln. Zu Allem war sie fähig, dafern er nur nicht mehr vor ihr stand wie ein ruhig-heiteres Alpengebirg, welches durch nichts Menschliches gestört werden kann und auf dessen Stirn — wie sie in all' ihrem Wahnsinn nur zu deutlich sah — stets ein so himmlisches Licht strahlte — eine Reinheit „von Gott gegeben", wie sein Name.

Wie sein Name, der ihr früher so zuwider gewesen, jetzt aber eine so seltene Schönheit gewann.

Sie hatte kürzlich in einem Register biblischer Namen nachgesehen, was er bedeutete, und oft in der vorigen Nacht hatte sie bei sich selbst gesagt und es in die Finsterniß hinausgeweint, bis die weichen hebräischen Vokale musikalischen Wohlklang gewannen und die heilige hebräische Bedeutung göttlich ward — Nathanael — Nathanael — der von Gott Gegebene. War es nicht in der That möglich, daß ihr ein Gatte von Gott gegeben worden, um sie auf den rechten Weg zu führen und sie zu einer ächten edeln Frau zu machen — wozu ein Weib stets gemacht wird, wenn sie einen edeln Mann liebt und von ihm wieder geliebt wird?

Doch dies waren heilige Nachtgedanken, welche vor dem Tageslichte verschwanden, oder blos bruchstückweise zurückkehrten und die sie umgebende Leere durchzuckten.

Und immer noch plauderte sie mit dem glücklichen Mr. Trenchard und machte sich angenehmer als sie jemals für möglich gehalten.

Der alte Stutzer war ganz bezaubert, und selbst Mr. Dugdale blickte von seinen Wahlpapieren auf, um seine schöne Schwägerin mit ungeheuchelter Bewunderung zu betrachten, während er dann und wann seiner Gattin zunickte, wie um zu sehen, was

sie von diesem neuen Lichte dächte, welches plötzlich
in ihrer ländlichen Hemisphäre aufgegangen war.

Mistreß Dugdale that ein paar Mal, als wäre
sie nicht wenig eifersüchtig, bis ihr Gatte mit seinem
unbeschreiblich sanften Lächeln, der Art und Weise,
wie er sie mit seiner großen Hand auf's Knie pochte,
und dem ganz unaussprechlichen Tone seines „na, na,
Weibchen" die Sache wieder in's rechte Geleis brachte
und sich wieder in seine Politik versenkte.

Während dieser ganzen Zeit saß Anna Valery
in ihrem Lehnstuhl, sprach wenig und blickte von
einem ihrer Gäste zum andern mit unruhigem und
doch gedankenvollem Auge, welches auf die sie umgebenden Dinge kaum achtete, denn ihr geistiger
Blick schweifte in weite Ferne — wohin?

Und Marmaduke fuhr fort in seinen menschen-
freundlichen Plänen, Dorsetshire und die Welt zu
verbessern, und seine Harriet hatte auch ihre Träume
— vielleicht in Bezug auf die Vortheile, welche der
Einfluß eines Parlamentsmitglieds in der Zukunft
„den Kindern" verschaffen könnte, und das junge
Ehepaar klammerte sich in dem Strudel seines Elends
noch an Hoffnung, Jugend und Leben — von welchem Wege sie bis jetzt so wenig zurückgelegt und
von welchem noch so viel vor ihnen lag.

Niemand dachte an sie, welche beiseite saß und lächelnd Alle anschauete, für welche aber die sie umgebenden Personen und Dinge mit jedem Tage nebelhafter wurden, und welche hinwegwelkte, selbst während sie lächelte.

Ende des dritten Bandes.

Druck von C. Roeßler in Grimma.